Franz Xaver Huber

Herr Schlendrian oder der Richter nach den neuen Gesetzen.

Ein komischer Roman. 3. Aufl. Berlin

Franz Xaver Huber

Herr Schlendrian oder der Richter nach den neuen Gesetzen.
Ein komischer Roman. 3. Aufl. Berlin

ISBN/EAN: 9783743623569

Hergestellt in Europa, USA, Kanada, Australien, Japan

Cover: Foto ©Andreas Hilbeck / pixelio.de

Weitere Bücher finden Sie auf **www.hansebooks.com**

Herr Schlendrian

oder

der Richter

nach den

neuen Gesezen.

Ein komischer Roman.

Dritte Auflage.

Berlin, 1787.

Erstes Kapitel.

Worin der Leser ein Paar gute Geografen zur Seite haben muß.

In einem Lande, das auf unsrer Erdkugel, ja, wo wir nicht irren, sogar in Europa liegt; das aus den wolthätigen Händen der Natur alles, dessen es zu seinen Bedürfnissen und zu seiner Bequemlichkeit bedarf, überflüssig empfängt; dessen Einwohner Leute eines guten ehrlichen Schlages sind; (die Spizbuben abgerechnet) ging nach langer finstrer Nacht das Licht der Vernunft auf; oder, wie andere behaupteten, man wänte, daß es Tag werde; und die Wahr-

A 2   heit

heit zu gestehen, — es ist noch bis heute nicht gründlich entschieden, ob erstere, oder leztere Meinung war sei.

Die Archonten dieses Reichs hielten sich verpflichtet, dem aufgehenden Tag gemäß, alle Verordnungen, Einrichtungen, Geseze u. s. w., die in den Finsternissen eingefürt und verfaßt wurden, abzuschaffen, und an deren Stelle neue einzufüren. Man fand die alten Geseze dunkel, woraus denn in den Gerichtsstuben nichts als Verwirrung entstund, und so durch rabulistische Geschicklichkeit sehr oft das Recht durch das Recht selbst zum Unrecht war. Diesem Unfuge zu steuern traten die ältesten und geschiktesten aus dem Rate zusammen, und verfaßten ein neues Gesezbuch. Deutlichkeit aller Geseze war die erste Grundregel: und man befolgte sie. Das Gesezbuch erschien, und der Verstand dieser neuen Geseze war so einleuchtend, daß Schulknaben sie one einen Kommentar verstehen konten.

Durch dieses neue Gesezbuch glaubten die Archonten der Gerechtigkeit die Blinde abgenommen zu haben, die Justinian mit seiner
kai=

kaiserlichen Hand ihr umwunden hatte: sie
täuschten sich. Die Schlendriane sahen izt
eben so wenig, als zuvor, und die neuen
Geseze waren ihnen fast noch unverständlicher,
als die alten: diese Herren finden selbst in
der Sonne noch Dunkelheit; sie flattern, wie
die Eulen, nur in der Nacht frei herum,
und bei Tag stossen sie überal an.

Zu Tropos, einer grosen Stadt dieses
Landes, war Herr Schlendrian der Oberste
Richter. So lange die Gerechrigkeit noch
eine Binde vor den Augen hatte, hielt er es
für seine Pflicht, die arme blinde Frau an
seiner Hand zu leiten; und er fürte sie sehr
oft in eine Gruhe, worein sie stürzte. Da nun
aber der Gerechtigkeit die Binde abgenommen ward, glaubte er, daß sie ihn leiten
müsse, und war froh, eine so gute Fürerin,
auf die er sich ganz verlassen könte, gefunden zu haben. Herr Schlendrian war ein
geschäftiger Mann, und ganz zum Richter
gemacht. Er war kurz und dik, liebte das
Geld, hatte eine schöne Frau, der er nichts
versagen konte, und durch die mancher sein
Recht erhielt; denn eine Dame kan so leicht
der anders nicht versagen. Das Korpus

Ju-

Juris hatte sein Gedächtniß ganz geschwächt,
und er mußte, solte er sich an etwas erin=
nen können, sich eine Marque von jeder Sa=
che machen. Daher war seine Tabaksdose
voller Papierchen, sein Schnupftuch voller
Knoten, und sogar sein Hut, (er trug kein
anders, als ein schwarzes Futter darin,)
in = und auswendig voller Hiroglifen; und
weil ihm alle diese Hilfsmittel oft zu wenig
wurden, so machte er im Fal der Not noch
an seine Perüke, (er trug eine sechsknöpfige
allerlei Knötchen.

Zwei=

Zweites Kapitel.

Die Familie des Herrn Schlendrians.

Daß Herr Schlendrian eine schöne Frau hatte, wissen wir; aber noch unbekant ist es dem Leser, das diese schöne Frau seine zwote war, die ihn in ihrem zwanzigsten Jahre aus groser Liebe geheiratet hatte, weil Herr Schlendrian reich war, und in grosem Ansehen stund. Von diesem schönen jungen Weibchen hatte Schlendrian noch im zweiten Jahre seiner glüklichen Ehe keine Erben, und er schalt sich heimlich unglüklich, daß er — durch ihre Schuld, in seinem sechzigsten Jahre das süsse Vatervergnügen entberen müsse. So unfruchtbar seine zwote Ehe war, so gesegnet war die erste. Seine verstorbene Frau hinterlies ihm einen Sohn und eine Tochter, beide wohlerzogen, wie sie sagte,

(denn

(denn fie felbft arbeitete mit einer Franzöfin
an ihrer Erziehung) und die einft ihrem al=
ten Vater zur Freude fein würden.

Herr Schlendrian der Oberfte Richter
der Stadt war es doch nicht in feinem Haufe.
So viel fein Anfehen im Rate galt, fo
wenig vermogte es im Innern feiner Fami=
lie; und feine Gefeze wurken eben fo wenig
in feinem kleinen Staaten befolget, als die
Gefeze in den grofen Staaten, wenn der
ftrafende Arm ihnen nicht Befolgung erwirbt.
Dies hätte manchmal die Ruhe und Zufrie=
denheit des Herrn Schlendrians ftören kön=
nen, wenn er nicht zum Glük mit feinem
Amtsgefchäften den Kopf fo vol gepropt
gehabt hätte, daß für feine eigene Angele=
genheiten kein Plätzchen darin übrig blieb.

Herr Schlendrian klagte oft über die
Befchwerlichkeit, und die Mühe, worein die
alten Gefeze junge, noch ungeübte Richter
verwikelten; und er konte feinen Freunden
nicht genug betcuern, wie viel fchlaflofe
Nächte, und mühfames Nachdenken es die=
fen kofte, fich aus dem dunklen Labirinte

der=

derselben heraus zu winden, und das, was
Recht ist, aus den hundertfachen Bedeutun-
gen, die die Geseze haben, und nicht haben, heraus zu suchen. Er zwar, sagte er,
habe keine Mühe; denn ihm ståke, was
Recht oder Unrecht ist, im kleinen Finger;
allein es gäbe wenig so tieffehende Richter.
Aus Liebe zu seinem Mitkollegen also war er
mit unter jenen, welche so laut auf die
Vertilgung der alten Geseze drangen, und
behauptete eifrig, daß zum Besten des Landes ein neues Gesezbuch verfaßt werden müß-
te. — Herr Schlendrian arbeitete nicht an
dem neuen Gesezbuche.

Drit-

Drittes Kapitel.

Das neue Gesezbuch erscheint, und Herr Schlendrian ist vor Freude ausser sich.

Die Archonten waren nun mit der Abfassung des neuen Gesezbuches fertig, und es erschien, wie wir schon gesagt haben, zur Freude aller Vernünftigen, die überal helles Licht darin sahen. Herr Schlendrian sprang eine halbe Elle vor Freude auf. „Wie klar, wie deutlich ist alles darin", sagte er. Nun sieht gleich ein jeder was Recht oder Unrecht ist. Der Buchstabe des Gesezes ist so hel, wie die Sonne; man darf sich nur daran halten, um gleich jeden Fal one alle Schwierigkeit entscheiden zu können. „Herrn Schlendrians Freunde waren

ren

ren nicht dieser Meinung; sie schüttelten
über manches die Köpfe. Herr Schlendrian
scholt sie unvernünftige Kerls, die nichts
verstünden. Seine Tochter und seine Frau
gaben ihm recht, und fanden das vierte
Hauptstük des Gesezbuches allerliebst,
und billiger, als die Billigkeit.

Viere

Viertes Kapitel.

Worin Herr Schlendrian anfängt,
die Deutlichkeit der neuen Geseze
zu beweisen.

In keiner Stadt der Welt hatten die Gerichte so viel zu thun, als zu Tropos. Ueber
zwei tausend Rechtsgelerte mästeten sich in
ihren Mauren unter dem Fittige der Gerechtigkeit, und gegen vier tausend Handlanger när-
ten sich von den abgefallenen Schnitchen, die
ihren Prinzipalen zu klein waren. Ein zän-
kischer Dämon war in die Einwoner ge-
faren, und Herr Schlendrian hatte vom
Morgen bis in die Nacht volauf zu tun,
die vom Streittenfel Besessenen nur ein bischen zu besänftigen; den Teufel selbst konte er nicht austreiben. Er gab die Schuld
den alten Gesezen, und hofte bei der Erscheinung der neuen würde der Prozesteu-

fel

sel gänzlich vertrieben wurden; aber zu seinem grösten Leidwesen muste er das Gegenteil von dem, was er gehoft, erfarren.

Vierzehn Tage nach der Erscheinung des
neuen Gesezbuches ward ein Streit bei Gericht anhängig, der nach den alten Gesezen,
wie Herr Schlendrian sagte, vielleicht eine
Verwirrung veranlaßt hätte; nun aber ganz
leicht zu entscheiden wäre. Ein Schuster hatte
ein Mädchen von fünf und zwanzig Jahren geheiratet, deren Vermögen in achthundert
Thalern bestund. Zwei hundert Taler wurden dem Manne als Heiratgut verschrie-
ben, von dem übrigen Gelde aber die Nuznissung überlassen. Einige Monate nach der
Ehe wurde die Eitelkeit des Weibes rege.
Sie wolte prächtig gekleidet sein, und foderte vom Manne Geld, der ihr aber sol-
ches aus dem vernünftigen Grunde, daß
teils sein Gewerbe, so viel nicht abwerfe, teils
daß es unschiksam für ihren Stand sei, abschlug.
Diese Weigerung des Mannes verdros das liebe Weibchen. Sie pochte auf das ihm zuge-
brachte Geld, und forderte die sechshundert
Taler, von denen dem Manne die Nuznissung überlassen war, als ihr Eigentum,
mit

dem ſie ſchalten und walten könne, zurük.
Hiezu ließ nun der Manne ſie eben ſo wenig
bereitwillig finden, als zur Abſchaffung präch-
tiger Kleider.   Nach vielen Hausbepatten
kam es endlich zum gerichtlichen Prozeſſe.
Der Mann lachte ſeiner Frau, und glaubte
ganz ſicher den Prozes zu gewinnen.

Die Sache wurde im Rate vorgetra-
gen.   Die meiſten ſtimten für den Mann.
Herr Schlendrian ſchlug den 89 § im dritten Hauptſtüke auf, und entſchied daraus:
„ der Man behaltet die Nuzniſſnng, der
Frau aber wird die Gewalt zuerkant, mit
ihrem Gelde nach Belieben ſchalten und walten zu können."Der Mann wolte einwenden,
daß er die Nuzniſſung ſich bei der Ehe aus-
bedungen habe.   Herr Schlendrian bewies
ihm aber durch das Gaſez, daß ihm die Nuzniſſung noch immer bleibe, wenn gleich das
Weib das Geld an Kleidern verſchwendet.
Und mit dieſer Erklärung mußte er zufrieden ſein.

Triumfirend begab ſich die Frau nach
Hauſe, und Herr Schlendrian hielt an den
anweſende Rat eine Lobrede auf die neuen
Geſeze. „ Nach den alten Geſezen, ſagte er
                                        hät-

hätten wir diesen Prozeß nicht so geschwind
schlichten können.   Da wäre zu untersuchen
gewesen, ob nach veräusertem Gute eine Nuz=
nissung bestehen, ob bei überlassener Nuz=
nissung die Veräuserung des Gutes statt ha=
ben könne? u. m. d. Und es hätten wenig=
stens hundert Bogen geschrieben werden müs=
sen, ehe wir wären aufs klare gekommen;
nun aber brauchen wir nun den Buchstaben
des Gesezes; denn was ist klärer als die
Worte: „ Das Weib wird weder durch die
„dem Manne aufgetragene Verwaltung, noch
„durch die ihm überlassene Nuznissung in
„Veräuserung ihrer Sachen verhindert. "

Fünf=

Fünftes Kapitel.

Worin Herr Schlendrian außerordentlich gelobt wird.

Es ist leicht zu erachten, daß Herr Schlendrian durch diesen Richterspruch die Gunst aller Weiber erwarb. Sein Lob erschallte bei allen Toiletten, Kofeetischen, in Assembleen, und Piknifs. Er ward zum Muster aller Richter aufgestellt, und Mädchen und Weiber nannten ihn einen goldenen Mann. Herr Schlendrian hatte in der Tat die goldene Weiberzeit in Tropos durch sein Richterspruch veranlaßt. Alle Weiber, die ihren Männern einiges Vermögen zugebracht hatten, und wovon die Nutznißung dem Manne überlassen war, folgten dem Beispiele der Schusterfrau, schalteten mit ihrem Vermögen nach Belieben und so enstund viel Unordnung im Hauswesen.

Herr

Herr Schlendrian blieb deswegen nicht one Vorwürfe von Seiten der Männer; seine Schuzwehre aber war immer der Buchstabe des Gesezes, an den sich der Richter vermög des 24 und 25 §. des ersten Hauptstüks halten müsse, und nach diesem Buchstaben sagt er, können alle Richter in der Welt nicht anders sprechen; als er gesprochen habe. Ein neuer Streithandel machte diesen ersten bald vergessen.

Ein junges Brautpaar suchte gegen einen geizigen Vater Schuz bei der hochlöb. Gerechtigkeit. Die Braut die Tochter des Hrn. Aurifilus, bemühete sich anfangs durch vernünftige Vorstellungen und kindliches Bitten ihren Vater zu bewegen, ihr ein seinem Vermögen angemessenes Heuratsgut mitzugeben: unerbittlich war der alte Geizhals. Er hatte zwar wider ihre Heirath nichts einzuwenden, und war froh sie an dem Mann gebracht zu haben: denn nun konte er doch alle Tage wieder 8 bis 10 Kreuzer, (so viel mogte ihm ongefär ihr Unterhalt kosten) ersparen; allein ihr eine Aussteuer mitzugeben war etwas, wozu ihn die Hofnung der Seligkeit nicht vermögt hätte. Zwar hatte

B   sich

sich der Bräutigam erboten, das Mädchen
one Aussteuer zu ehligen. Er besaß selbst
einiges Vermögen, das freilich nicht gros,
aber doch hinreichend war, sie beide frugal
zu ernären. Er liebte das Mädchen ihrer
selbst, nichts ihres Geldes wegen, und tat
also gerne auf alles andere Verzicht, wofern
er nur sie besitzen konte. Diese edle Denkungsart, die in Tropos bei jungen Männern so selten war, daß man sie unter die
Mirabilia rechnete, war aber eben die Haupt-
ursache, daß das Mädchen auf eine Aussteuer
drang. Sie wolte nicht zugeben, daß ihr
Geliebter sich irgend eine Bequemlichkeit ih-
rentwegen versagen solle; und dieses müste
er, wenn er von seinem Eigentum auch sie
ernären solte. Sie hielt es für unbillig,
die Grosmut eines Mannes zu seinem Nach-
teile zu misbrauchen: um so mer, da sie
überzeugt war, daß ihr Vater ihr so viel
mitzugeben im Stande sei, was sie zu ihrem
bequemlichen Unterhalt, one dem Geliebten
zur Last zu fallen, brauche. Da nun ihr
Vater weder den dringenden Vorstellungen,
noch den kindlichen Bitten nachgeben wolte,
so flehte sie den Arm der Gerechtigkeit für

sich

sich an, und bat um eine gerichtliche Bestim-
mung des Heiratsgutes.

Herr Schlendrian fand dies Ansuchen
der Braut gesezmäßig. Herr Aurifilus
ward vor Gericht gefodert, und ihm gütliche
Vorschläge zur Ausmessung eines Heiratsgutes gemacht, aber alles umsonst. Herr
Aurifilus war vor Gericht der ärmste Mann
von der Welt, der kaum selbst zu leben hatte,
und also unmöglich seiner Tochter eine Aus=
steuer geben könne. Die Tochter foderte eine gerichtliche Untersuchung, weil, wie sie
vor Gericht beteuerte, ihr lieber Papa nicht
reinen Wein einschenke. Herr Schlendrian
schrit nach dem Buchstaben des Gesezes zu
Werke. Stand und Würde des Vaters ward
zum Maßstab genommen, und Herr Aurifilus hatte weder Stand noch Würde. Die
Einrichtung seines Hauses war armseelig:
außer einigen eisernen Kisten, die unter seinem Bette stunden, war wenig oder nichts
von Meubeln zu finden. Nach dieser Inven-
tur entschied Herr Schlendrian, daß Aurifilus seiner Tochter kein Heiratsgut geben
könne, weil er nach gerichtlicher gesezmäßi-
ger Untersuchung seines Vermögens außer

Stande sei, ihr welches auszuwerfen. Die
Tochter protestirte dagegen und foderte, das
Gericht möchte in den Kisten nachsuchen,
worin der Schaz ihres Vaters verwaret sei;
allein Herr Schlendrian entschuldigte sich, er
könne dies nach dem Buchstaben des Gesezes
nicht tun: denn, sagte er, im 55 §. des dritten Hauptstüks steht es klar: „dabei jedoch
„sich aller nachteiligen Untersuchung des Ver-
„mögens zu enthalt n." Nun aber wär' ihrem
Vater, fur Herr Schlendrian fort, keine
Untersuchung nachteiliger, als wenn das
Gericht seine Kisten untersuchen würde;
also darf das Gericht nach dem Buchstaben
des Gesezes so etwas auch nicht tun.

Die arme Braut war untröstlich über den
Buchst ben des Gesezes; ihr Bräutigam aber
tröstete sie mit der Beteurung, daß seine Liebe daurch nicht im geringsten werde ver-
mindert werden.

Bei allen geizigen Groseltern, Vätern
und Müttern war nun Herr Schlendrian ein
kreuzbraver Mann, dem Gott zum Wol der
Stat Tropos das oberrichterliche Amt übergeben habe.

Sech=

Sechstes Kapitel.

Herr Schlendrian bekömmt eine Klage zu entscheiden, vor welcher der
liebe Gott alle junge, schöne Weibchen bewaren sol.

Der Nachbar des Herrn Schlendrians hatte einen Sohn, der eine weitschüchtige Mume desselben liebte; und da beider Eltern
Einwilligung ihre Liebe genemigte, so drang
das zärtliche Brautpaar darauf, daß Himen
ihr Band noch enger zusamen ziehen möchte.
Man fand die Sensucht beider Liebenden
billig, und der Tag, an welchem der Gott
der Ehe seine Fakel über sie schwingen solte,
ward a dato drei Wochen, wie Herr Schlendrian sagte, festgesezt. Die so senlich erseufzte Stunde erschien; am Himens Altare
schwuren die zärtlichen Verliebten sich ewige
Ibe; der Priester unterzeichnete; ihren
                                        Schwur

Schwur; gab ihnen seinen Seegen zu einer zalreichen Nachkommenschaft, und die Glüklichen taumelten trunken vor Entzüken nach Hause. Nie hatte die Liebe ein schöneres Paar mit ihren Rosenketten umwunden, als dieses; nie war die Glut, die Amor je in der Brust der Sterblichen angefacht hat, reiner, als die ihrige. Nicht das Tierische flamte sie an; blos Vorzüge des Geistes entzündeten sie. Das zärtliche Paar war platonischer als Plato, und Buffon war ihnen ein Ungeheuer, der die heiligsten Triebe durch sein schändliches Sistem entehrte und herabwürdigte. Selbst an jenem Tage, wo Hlmen sie in seine heilige Geheimnisse einweite, schwur er ihr, daß er blos ihre schöne Seele liebe, daß nicht ihr schwarzes feuerstralendes Aug, nicht ihre mit Rosen besäte Lilienhaut, nicht ihr Purpurmund, nicht ihr voller Busen, noch ihr schlanker Wuchs ihm an ihr gefalle; daß er für alle diese Reize unempfindlich wäre, wenn ihr besseres Selbst ihnen nicht einigen Wert beilegte. Gegenseitig beteuerte ihm das gefülvolle Mädchen, daß weder seine länglichte Adlersnase, sein mänlich starker Wuchs, feine runden diken

Schen=

Schenkel, seine vollen und festen Waden ihr
gefallen haben; daß sie gegen dies und noch
mereres gleichgültig geblieben wäre, wenn
nicht sein Verstand, sein edles Herz, seine
erhabene Denkungsart sie mit Liebe gegen ihn
erfüllt hätte. Sie schwur, daß sie one ihn
nicht glüklich sein könne; daß sie ihn um
den Besiz eines Trones nicht vertauschen
würde; und daß — sie sagte es mit andern
Worten — sie ihn auch, als. — Kombab noch
lieben würde.

In dem Taumel dieser süssen Schwär-
merei verflossen dem glüklichen Paar vierzehn Tage, worinn sie alle Seligkeiten des
Plato genossen, obgleich Herr Buffon manchmal, und, wie einige Spötter beteuern wol-
ken, ser oft seinen Teil mit bekam. Ein
unglüklicher Zufall wekte die beiden Liebenden aus ihrem seligen Traume, und störte
wenigstens das Glük des Ehemannes auf
ewig.

Lange hate er einen heimlichen Nebenbuler, der nach dem Besize diese liebenswürdigen Weibes trachtete, und nun vor
Wut außer sich war, daß ihm der Glükli-

che, das Gut, nach welchem er so heftig
sich sehnte, geraubt hatte. Der Nebenbuler, ein Italiäner, war der stärkste Anhän-
ger des Buffon, obgleich sein Körper ihn
zum Platonisten hätte machen sollen. Er
kante das Mädchen eher, als der glükliche
Ehemann; weil aber, wie sie ser vernünftig schlos, in einem ausgemergelten, kraft-
losen Körper — keine schöne Seele sizen
kan, so wies sie ihn ab, und wälte seinen Nebenbuler. Verachtete Liebe reizt zur
unversönlichsten Rache, besonders bei einem
Italiäner; auch schwur dieser sich auf eine
Art zu rächen, wodurch beide aus dem Taumel der Glükseligkeit, worin sie nun einge-
wiegt waren, aufgeschrekt ihre ganze übrige
Lebenszeit im Gefüle der herbsten, und —
grösten qualvollesten Leiden verwimmern solten. Nie rächet sich ein Italiäner an seinem Feinde wie ein Deutscher, das heist:
Stirn gegen Stirn; sondern gemeiniglich nur
Stirn gegen Rüken; und dies tat auch der
verachtete Liebhaber. Er spürte jeden Schritt
des glüklichen Ehemannes auf, um eine
schikliche Gelegenheit zu finden, seine ent-
worfene Rache auszufüren.

Um-

Unglüklicher Weiſe zwangen einige Ge-
ſchäfte den jungen Ehemann, auf einige
Tage zu verreiſen. Der verſchmäte Liebhaber kundſchaftete den Weg aus, den jener
nemen muſte, und nun verfügte er ſich el-
lends mit ſeinen gemieteten Helfershelfern,
alle herumſtreichende Landsleute von ihm:
entweder Mausfalhändler, oder Murmel-
tierträger, in einen Wald, wodurch ſein
Nebenbuler muſte. Der zärtliche Ehemann,
nachdem er ſich von ſeinem lieben Weibchen
mit vielen Tränen beurlaubte; nachdem ihn
dieſe, vermutlich aus einem heimlichen Vor-
gefül, das ihr ſagte, ſie würde ihn nie wieder ſo an ihren Buſen drüken, tauſend-
mal in ihre Arme ſchlos, und ſich aus den
ſeinigen gar nicht loswinden konte, ſezte
ſich nun zu Pferde, und ritt, von einem
alten Diener begleitet, betrübt, doch ah-
nungslos, welch ein groſſes Unglük ſeiner
harre, und nur mit dem Gedanke an ſeine
zurükgelaſſene Gattin beſchäftigt, ſo ſchnell,
als ſein Klepper es dauern mogte, ſeinen
Weg fort. In der Mitte des Waldes ward
er von acht verkapten Männern angefallen,
die ihm vom Pferde rieſſen, die Hände banden, den Mund knebelten, und zur Vol-
ſte

ziehung ihrer Operazion schritten. Der Unglükliche! Er konte sich weder rüren, noch
um Hilfe rufen. Vergebens suchte er durch
Blike ihr Mitleid zu erregen. • Sein Nebenbuler fülte in diesem Augenblik nichts als
die Wollust zubefriedigender Rache, und seine Handlanger' hatten ihm ihr Menschengefül
für Geld verkauft. Der feige niederträch-
tige Bube lies ihn vorher alles fülen, was
die Qualen des Unglütlichen vergrösern konte. Er gab sich ihm zu erkennen; sagte ihm
die Ursache seines wider ihm gefaßten Grolles,
und schrie ihm mit einem höllischen Honge-
läch ter die Art, wie er sich an ihm rächen
wolle, ins Ohr. Er zeigte ihm das Messer,
und — bedauert ihn gefülvolle Mädchen
und Weiber! — raubte ihm mit eigener
Hand die Lust und Freude des
Lebens. Unter den grausamsten Schmerzen dachte dieser zärtliche Ehemann nicht an
den Verlust, den er erlitt, er dachte — nur
an seine Gattin; und dieser Gedanke raubte
ihm alle Besinnungskraft so ser, daß er in
eine Onmacht verfiel, welche seine Feinde
glauben machte, er sei tod. Sinnenlos und
in seinem Blute schwimmend liessen sie den
Un-

Unglüflichen liegen, und eilten, sich mit der
Flucht über die Grenzen zu retten.

Einige Bauern, die im Walde Holz auf=
laden wolten, fanden ihn und seinen gebun=
denen Diener. Sie befreiten leztern von
seinen Banden, und trugen den Verwunde=
ten ins Dorf, wo zum Glük Militär lag.
Der Wundarzt, ein geschikter Mann, brachte
den Unglüflichen ins Leben zurük. Er ver=
band seine Wunde, und durch die guten
angewandten Hilfsmittel warb er nach Ver=
lauf von fünf Wochen hergestelt. Gros=
mütig belonte er seinen Retter, und kerte
traurig zu seiner trostlosen Gattin zurük,
die ihn, da er so lange abwesend war, und
sie von ihm nicht die geringste Nachricht er=
halten hatte, für tod hielt. Das gute Weib=
chen! die Freude belebte sie bei dem Anblike
ihres so zärtlich geliebten Mannes. Sie
schlos ihn mit tausend feurigen Küssen in
ihre Arme, und sah — sah zu ihrem grösten
Erstaunen, Bestürzung und Schmerz, Zu=
rükhaltung und Schüchternheit auf seinem
Gesichte abgedrükt. Eine gewisse Frostigkeit
war in seiner Umarmung, und sein Kus so
kalt wie Eis.

El=

Einige Tage lang drang sie vergebens
in ihn, ihr die Ursache seiner Veränderung
zu entdeken; einer Veränderung, die ihr,
wie sie sagte, um so unausstehlicher, um so
schmerzlicher falle, da sie — — ihr Gatte
seufzte, und sie brach in Tränen aus, und
machte ihm die bittersten Vorwürfe, daß er
sie nicht mehr liebe. Den Tränen seines
noch immer geliebten Weibes konte der Un=
glükliche nicht länger wiederstehen. Er frag=
te sie mit zweifelnder halb hofnungslofer
Schüchternheit: ob sie i h n b l o s seiner
S e e l e w e g e n liebe? Und da sie ihm
mit einem feurigen Kusse den Beweis gab,
daß sie nichts als — seine Seele liebe, so
versprach er ihr alles bis auf die kleinste
Kleinigkeit anzugeben.

Nachdem er ihr über die Erhabenheit
der Geisterliebe, und wie diese der Würde
unsrer Seele angemessen sei, und uns zu
äterischen Wesen erhebe, in den schönsten
Frasen ein Kollegium gehalten; nachdem
er ihr mit den heiligsten Schwüren beteuer=
te, daß er an ihr nur die Seele liebe, und sich
schmeichle, daß auch ihre Liebe zu ihm von
dem Tierischen ganz gereiniget sei; so er=
zäl=

zälte er ihr den Umlauf, der ihm im Walde begegnete. Wer leiht uns den Pinsel,
das Erstaunen des armen Weibes zu schildern, als sie hörte, daß ihr Gatte nur noch
ein Fragment vom Manne sei! Mit einem
lauten Schrei sank sie zurük, blieb mit stie-
rem offenem Aug eine halbe Stunde so liegen, sprang dann auf, flog in ihr Zimmer
und rief unter tausend Tränen: „Armes unglükliches Weib! Ich hab keinen Gatten,
hab" — und ein Seufzer erstikte die Worte.

Durch acht Tage suchte ihr Gemal vergebens sie zu trösten. Seine Stimme klang
ihr zu sanft in den Ohren; sie war an seine rauhe Stimme gewönt und darum drang
sein Trost nicht in ihr Herz. So verflossen
nun vierzehn Tage. Ihr Mann bot allen
Zauber der Geisterliebe auf; aber vergebens,
ihr Seele fand so lange keine Narürg darin,
als ihr Körper unbeschäftigt blieb. Endlich, von ihren guten Freundinen, denen sie
ihr Unglük geklagt hatte, aufgemuntert,
suchte sie bei der Gerechtigkeit um Hilfe an,
sie von einem ihr beschwerlichen Fragment
eines Mannes zu befreien,

Herr

Herr Schlendrian erhälte diesmal wider Gewonheit seiner Frau diesen Fall, und diese entschied auf der Stelle, die Ehe müsse für ungültig angesehen, und der Frau, sich wieder zu verehligen erlaubt werden. Wie's nach dem Buchstaben des Gesezes Recht sein wird, sagte Herr Schlendrian und legte sich nieder.

Am andern Tag ward Gericht gehalten, die beiden Eheleute vorgerufen, und die Beschwerden der Frau untersucht. Herr Schlendrian fragte: ob der Mann vor, oder nach geschlossener Ehe ein so feiner Sänger geworden? — Einige Wochen nach der Ehe war die Antwort. Armes Weibchen, sagte Schlendrian, mir ist leid, ihre Ehe ist vollkommen gültig, denn vermög § 46. Hauptstük drei heist es klar und deutlich: „Eben, „so kann die Ehe nicht aufgelöst werden; „wenn die Unvermögenheit zur Zeit der geschlossenen Ehe nicht vorhanden gewesen, „sondern nur erst wärend der Ehe durch „Krankheit oder andere Zufälle verursachet „worden." Der Sachwalter des jungen Weibes suchte diesen Rechtspruch umzustossen. Er bewies, daß zur Gültigkeit der Ehe, als

Sa=

Sakrament betrachtet, Forma, Materia und Verbum erforderlich sei; daß die Forma und Materia Sakramenti dem Manne sele; daß, wenn eins von diesen dreien sele, kein Sakrament ist, es stehe also von dieser Seite der Ehescheidung kein Hinderniß im Wege. Als bürgerlicher Vertrag wären wieder drei Punkte, Concubitus evitatio fornicationis, Educatio prolium erforderlich. Nun aber könne das zweite nicht vermieden, und auch keine Kinder erzeugt werden, folglich höre ja nach allen Rechten ein Kontrakt von sich selbst auf, wo die Erfüllung der Punkte desselben unmöglich sei; atqui — — ergo. Herr Schlendrian erwiederte, daß das Gesez an sich selbst so klar wäre, daß es gar keiner Erklärung bedürfe, und dem Richter alle Wortverdrehungen verboten sein. Auch sei ja bei der Frau die Forma und Materia Sakramenti noch immer da; also bestehe auch das Sakrament. Der Advokat wandte ein, daß wenn er dies auch zulassen wolte, so könte doch nicht das Hauptziel des Ehestandes, die Erzeugung der Kinder, erreicht werden; und wo dies nicht ist, sei auch kein Ehstand. "Ja ja, sagte Herr Schlendrian

so glaubten die Alten vormals; aber wir
sind nun klüger geworden. Künste und Wissenschaften steigen. Man ist nun überzeugt,
daß solch eine Unvermögenheit die Erzeugung
der Kinder nicht hindere, und daß unsere
Gesezgeber Recht haben, bewieß ja erst vor
einigen Jahren unser wolweises hochwürdi-
ges Konsistorium selbst. Ein junger Mann,
der in seinen Jünglingsjahren ein bischen
loker lebte, gerne die Frinen besuchte, und
sonst viel Unfug und Spektakel trieb, ward,
man was' nicht woher, auf einmal betläge-
rig. Der Arzt wandte alles an, was nur
in solchen Fällen anwendbar ist, und stelte
auch den Patienten nach drei Monaten glüklich wieder her: doch hatte dieser in den
Händen des Arztes das zurüklassen müssen,
was einst Kombab seinem König in einem
Kästchen zur Verwarung übergab. Seine
Krankheit hatte ihn von seinem ausschwei-
fenden Leben zurükgebracht, und er versprach
seinem Beichtvater, von nun an ein ordentliches Leben zu füren. Diesem Versprechen
zu Folge entschloß er sich zu heiraten. Ein
junges schönes Mädchen ward ihm angetraut,
und sie lebte zwei Jahre mit ihm nach dem
Beispiele der fromen Matilbiß. Da ihr aber

län-

länger so ein Mathildisches Leben nicht ge=
fallen wölte, und sie glaubte, eine Blume
müsse gepflükt werden, um nicht am Stoke
zu verwelken, so klagte beim Konsistorium
und fôrdert von einem so nachlässigen, un=
vermögenden Gärtner geschieden zu werden.
Die Eltern des Mannes waren sehr reich.
Sie hielten es für eine Schande ihres Hau=
ses, daß ihr Sohn für unvermögend öffent=
lich sölte erkläret werden, und stekten sich
hinter einige hochwürdige Herren. Der Pro=
zeß dauerte einige Zeit; endlich entschied das
hochwürdige Konsistorium, daß hier kein
Imp dimentumm strimonii obwalte ; daß
der Mann, ohngeachtet der Arzt ihm das
nicht wieder geben könte, was er ihm ge=
nommen hatte, zur Erzeugung der Kinder
doch tauglich sei, und die Frau von ihm
nicht geschieden werden könne. Das gute
Weibchen muste mit diesem Spruche zufrie=
den sein, um die Zeit lehrt, daß das hoch=
würdige Konsistorium sehr weislich gespro=
chen hatte ; denn die Frau hat wirklich schon
ein liebes Söhnchen und ein hübsches Töch=
terchen zur besondern Freude des Vaters
geboren, und also bewiesen, daß so eine
Kleinigkeit kein Hindernis zur Erzeugung der

C   Kin=

Kinder ſei. Nun ſchließ ich alſo, daß unſ
ſere Archonten, die die neuen Geſeze gemacht
haben, dieſen Fall beherziget, und beswe-
gen eine nach der Ehe ſich ereignete Unvermögenheit für kein Impedimentum matrimo-
nii gehalten, ſondern geglaubt haben, es können
ſich noch immer Kinder einfinden; beſonders,
wenn die Unvermögenheit nur von Seite
des Mannes iſt.“ Der Sachwalter ſuchte
noch verſchiedenes zum Beſten ſeiner Klientin
anzubringen; aber Schlendrian ſprach nun
mit einer wichtigen Amtsmine, daß es bei
dem Ausſpruche nach den neuen Geſezen bleiben müſſe; und entließ die ſtreitenden Partheien mit der Verſicherung, daß, wenn
keine Erben kommen ſolten, ſicher die Schuld
nicht den neuen Geſezen, noch dem Manne,
ſondern der Frau allein beigelegt werden
müſſe.

Sie-

Siebe es Kapitel.

Der Schlen**·····** beweist hier mer
als je, wie genau er den Buchstaben des Gesezes nimt.

In einem kleinen zwo Stunden von Tropos gelegenen Städtchen hatte eine Gewonheit die Kraft eines Gesezes erhalten, welche auch so, wie die von den Archonten erlassene
Geseze, beobachtet wurde. Diese Gewonheit bestund darin, daß jeder, der keine
Leibeserben hinterließ, den zehnten Teil
von seinem Vermögen zur Versorgung armer
Kinder, und Ausstattung der armen Mädchen und Jünglinge vermachen muste; und
wenn er es nicht tat, so hatte das Gericht
die Macht, den zehnten Teil von dem gerichtlich geschäzten Vermögen selbst zu nemen. Nun starb ein reicher H·····oiz, der

den

den Sohn seiner Schwester zum Universalerben
seines ganzen, sehr beträchtlichen Vermögens
einsezte, ohne den zehnten Teil davon der
Gewonheit gemäs an die armen Kinder,
Mädchen und Jünglinge vermacht zu haben.
Das Gericht wolte selbst im Namen der Ar=
men den ihnen zukommenden Theil belangen;
allein der Erbe, ein geiziger Mann, wider=
sezte sich dieser so löblichen zur Ehre und zum
Wohl der Menschheit gereichenden Gewohn=
heit. Er protestirte gegen den Schritt des
Gerichts als einen widerrechtlichen Eingrif
in sein Eigenthum, und berief sich auf die
Geseze, und da der Rat auf seine Protesta=
zion nicht achtete, so appellirte er an das
Obergericht zu Tropos.

Herr Schlendrian nebst noch zween vom
hohen Rate verfügten sich an den Ort Quä=
stionis. Nach genau untersuchter Sache,
und da kein ausdrükliches Gesez den zehnten
Teil des Vermögens eines ohne Leibeserben
Verstorbenen den Armen bestimte, sondern
nur durch eingefürte Gewonheit die armen
Kinder, Mädchen und Jünglige an solchen
Erbschaften ein Recht erhielten, so schritt

er

er nach dem 12 §. Hauptſtük I zu Werke,
um zu unterſuchen: ob dieſe Gewonheit nach
den neuen Geſezen eine vim legis haben kön=
ne, oder nicht?

Das Städchen hatte fünfzehnhundert
Einwoner. Herr Schlendrian forſchte alſo
nach, ob die Gewonheit von allen ange=
nommen worden, oder nicht? Und da fand
es ſich, daß ſie nur von 999 freiwillig an=
genommen wurde, und daß das Gericht erſt
zweimal ſich, Kraft eigenes Anſehens, des
zehnten Theils für die Armen bemächtiget
habe. Herr Schlendrian ſchüttelte den Kopf
und gab dem Gerichte einen Verweis, daß
es eine Gewonheit zum Geſeze habe ma=
chen können, der, vermög §. 12. Hauptſtük I
zwei weſentliche Dinge fehlen. Das Gericht
entſchuldigte ſich, daß dieſe Gewonheit ſchon
an die zehn Jahre beſtehe. — „Noch nicht
zehn volle Jahre?“ fragte Herr Schlendrian
haſtig. Es würde nicht mehr viel daran
fehlen, antwortete der Bürgermeiſter. Herr
Schlendrian zupfte die Perüke, und ließ ſich=
die Stadtbücher bringen, worinn es einge=
tragen war, in welchem Jahre und unter
welchem Datum dieſe Gewonheit began.
Da

Da ergab sich nun daß sie erst neun
Jahre, eilf Monate, und neun und zwanzig Tage bestund. Hatte Herr Schlendrian
den Magistrat und Bürgermeister des Städtchens herunter gemacht, als ihm zwei we-
sentliche Dinge abgiengen, so filzte er sie
nun erst recht aus, als ihm auch das dritte
mangelte. Der Magistrat suchte ihn von der
Nüzlichkeit dieser Gewonheit zu überzeugen,
und wie billig es sei, daß derjenige, der
selbst dem Staate keine Kinder gebe, denjenigen die Sorgen, wenigstens nach seinem Tode, erleichtere, die zur Bevölkerung
des Landes beitragen; und daß solche Gewonheit, wenn sie auch von allen verworfen
würde, dennoch bestehen könte, wol sogar solte. Herr Schlendrian fand ihre Gründe für nichtig, weil sie wider den Buchstaben des Gesezes wären, und hob, Kraft seines ihm von den Archonten verliehenen An-
sehens, diese Gewonheit auf. Vergebens
bemühten sich die zween ihm vom hohen
Rate mitgetheilten Kommissairs ihn von diesem
Entschlusse abzubringen. Er berief sich auf
den Buchstaben des Gesezes, und sagte:
„Wenn eine Gewonheit verbindlich sein
„sol, muß die Gleichförmigkeit derselben

„we-

„wenigſtens dreimal freiwillig und wiſſent=
„lich von allen, oder von dem gröſten Tei=
„le beobachtet, und von der erſten Ausü=
„bung wenigſtens eine Zeit von zehn Jah=
„ren verfloſſen ſein." Dies iſt der Buch=
ſtabe des Geſezes. Nun, fur er fort, hat das
Städchen 1500 Einwohner. Die Gewonheit
iſt nicht von allen, auch nicht von dem grö=
ſten Teile angenommen worden. Der grö=
ſte Teil ſind 2 Drittel. * Vom 1500 ma=
chen 2 Drittel 1000 ; es ſind aber nur
999, alſo felt noch einer auf 1000, und
folglich iſt es nicht der gröſte Teil, der
ſie angenommen hat. Ferner heiſt es: we=
nigſtens muß ſie dreimal beobachtet worden
ſein; und ſie wurde erſt zweimal beobachtet.
Drittens müſſen wenigſtens 10 Jahre ver=
floſſen ſein ; ſie beſteht aber erſt neun Jah=
re, eilf Monate, und neun und zwanzig
Tage; es mangelt alſo noch ein ganzer Tag
zum zehnten Jahre, es iſt daher flar, daß
dieſe Gewonheit dem Buchſtaben des Ge=
ſezes zu Folge keine Verbinkung haben kan.

Dieſer wolweiſen Entſcheidung des Hrn.
Schlendrians muſte der Magiſtrat ſich unter=
werfen. Der geizige Erbe behielt den zehn=
ten

ten Teil des Vermögens seines Onkels;
die Armen sanken wieder in ihr Elend zurük; die Kinder verwahrloſten aus Mangel
der Erziehung; Jünglinge und Mädchen be-
traten nicht mehr Himens Altar, ſondern
opferten ſeinem Bruder, und Herr Schlendrian kehrte mit einer Lobrede auf die Deutlichkeit der neuen Geſeze, welche jeden Fall
ſo leicht zu entſcheiden machen, nach Tropos zurük.

Ach-

Achtes Kapitel.

Herr Schlendrian bekömt Prozesse in seiner Familie.

Herr Schlendrian, wie wir wissen, hatte eine noch unverheuratete Tochter zu Hause. Das Mädchen war lung, schön, und feurig. Sie hatte Anbeter genug; aber keiner wolte sich auf immer an sie fesseln laffen. Von Jugend an eine Freundinn des Ernsthaften, hafte sie jede Tändelei, sie mogte was immer für einen Namen haben, besonders in der Liebe. Mit solchen Gesinnungen, und einem sehr flüssigen Blute ist es leicht zu er= achten, wie wenig Reize alle ihre Anbeter für sie hatten, die nur das Feuer ihrer Lie=

be

be — mit Worten ausdrükten. Müde ihres
kläglichen Seufzer und ihres zärtlichen Ge-
summes fand sie endlich einen, der freilich
zu tief unter ihr war, um würdig zu sein,
ihre Fesseln zu tragen; der aber eine Mine
hatte, welche verriet, er sei nicht blos zum
seufzen gemacht. Lotchen, so hies Herrn
Schlendrians Tochter, sah ihn, und der
junge Mensch, ein Mittelding von Apoll
und Herkules an Schönheit des Gesichts und
Stärke des Körpers, gefiel ihr, und sie
gab ihm durch ein bedeutendes Lächeln zu
verstehen, daß er eben keines goldenen Re-
gens bedürfe, damit sie ihm sei, was Da-
nae dem Jupiter war. Reinab (der Name
des jungen Menschen) verstund den Blik,
und beschloß die Blöße, die der Feind ihm
gab, zu seinem Vortheile zu benuzen. Da
er mer Faun als Seladon war, so rükte
er so schnel vor, daß das gute Lotchen one
die sonst gewönliche Kapitulationen, one
welche sich so leicht kein Mädchen ergiebt,
sich ihm auf Gnad und Ungnade bei dem
ersten Angriffe ergeben muste. Der Sieg
des schönen Reinab war volkommen, und
Lotchen, so böse sie sich stelte, so viel Tränen

gen sie vergoß, so sey sie ihm brave, ihm,
wir wissen nicht mer, was für ein Uibel anzu-
tun, fülte doch heimlich (vermutlich eine
Folge ihres guten Herzens,) daß sie dem
Sieger niche Gram sein könne.

Was nüzt Grol und Has, Schmerz und
Gram bei geschehenen Dingen? Leider nichts!
Solche Beleidigungen können nicht mer gut
gemacht werden: also sagt uns die Vernunft
es sei klüger, sich über einen Verlust zu trösten. Auch ist es eine gar schöne Tugend,
dem Beleidiger zu verzeihen; eine Tugend,
die die Mädchen unstreitig mer als wir
Männer besizen, und wir wetten zugleich,
daß der gröste Filosof sich nicht so leicht
über den kleinsten unbedeutendsten Verlust
beruhigen kan, als ein Mädchen den un-
ersezlichsten Verlust gleichgültig erträgt, ia
mit Vergnügen sehr leicht das Andenken
daran vergießt. Lotchen fand es unklug, sich
länger zu grämen, fand es ungrosmüthig,
dem losen — schönen Beleidiger nicht zu
verzeihen. Sie vergab ihm alles, vergab
ihm sogar, da er sie — noch einmal be=
leidigte, und beide verließen sich vergnügt

und

und mit einem Herzen voll Liebe, worin
weder Haß noch Grol Plaz hatte.

Man muß nichts halb in der Welt
thun, ist eine goldene Regel, welche Lotchen oft von ihrer Grosmutter gehört hatte. Ohne öftere' Zusammenkunft mit Reinad wär' ihre Aussöhnung nur halb, ihre
Grosmut gegen ihn nur unvollkommen gewesen, und Lotchen wolte lieber alles doppelt und dreifach, als halb, gethan haben.
Aus dieser Ursache suchte sie Gelegenheit, mit
dem lieben Jungen öfters zusammen zu kommen,
um ihm nur recht oft versichern zu können,
daß sie keinen Grol gegen ihn hege, daß sie
ihm vollkommen verziehen habe, ihm gern
und willig recht oft verzeihen wolle. Rei-
nads Stand war nicht so glänzend, wie die
Reize seines Gesichtes, und der Bau seines
Körpers. Er durfte es nicht wagen, Lotchen in Gegenwart anderer zu sprechen; und
dies zwang beide, auf eine schikliche Art
zu denken, wie sie sich ohne allen lästigen
Zwang sehen könnten. Lotchen hielt fürs
Beste, Nachts in der Geisterstunde auf ihrem
Zimmer, weil Papa und Mama etwas
ab=

obgelegen von ihr lagen. Reinab war ihrer
Meinung, und das einzige Hindernis war
nur noch, wie auf ihr Zimmer zu kommen?
Ein gutes vernünftiges Mädchen hebt bald
alle Schwierigkeiten. Der Schlüssel vom
Hause ward in Wachs abgedruft, dem kleinen Bösewicht gegeben, dieser muste darnach
einen Schlüssel beim Schlosser machen lassen,
und dann — dann Nachts leise die Thüre
aufgesperrt, und sich ganz sachte zu Lotchen
geschlichen!

Reinab führte sich so schlim auf, daß
er nie das gutherzige Mädchen verlies, ohne
daß sie ihm zwei, auch dreimal ihre Verzeihung zusagen muste. So brachten sie zween
Monate zu, er sie stets zu beleidigen, und
sie voll Güte ihm stets zu verzeihen. Im dritten Monate fülte Lotchen, daß ihr nicht
mehr so sei, wie es den Mädchen ist, die
keine Besuche in den Geisterstunden haben.
Im vierten, fünften, sechsten Monate war
ihr Schneider der ungeschikteste Kerl von der
ganzen Welt. Er konte ihr kein Kleid mehr
am Leibe passend machen. Jedes Kleid war zu
eng, die Röke in Forderblättern zu kurz: der
                                        dum-

dumme Kerl muſte das Maaß verloren haben.

Lotchen erzälte dem lieben Jungen,
welchen Verdruß ihr der Schneider mache,
und wie ſo manches ſich bei ihr verändert habe,
deſſen ſie ſich doch kaum drei Jahre bewuſt
ſei. Der arme Reinad wuſte die Urſache
wol, krazte ſich hinter den Ohren, und
ſagte ihr, daß nicht ihr Schneider, ſondern
Er ſelbſt an dem ſchlechten Kleidermaaße
ſchuld ſei. Lotchen ſtaunte; fragte, wie?
und da ihr Reinad ſagte, was an der ganzen Sache ſei, ward ſie — beinahe onmächtig. Doch da, wie wir ſchon geſagt
haben, der gröſte Filoſof ſich nicht ſo,
leicht über ein Unglük beruhiget, als ein
Mädchen über dergleichen ungünſtige Zufälle;
ſo erholte ſie ſich bald wieder; und da Reinad ſehr furchtſam da ſas, ſo machte ſie
ihm bittere Vorwürfe, daß er verabſäume,
ihr Gelegenheit zu verſchaffen, ihm — zu
verzeihen.

Wir

Wir wollen indeſſen das gute Paar ver-
laſſen, auch dem Herrn Schlendrian noch
fein Wort von dem heimlichen Verſtändniſſe
ſeiner Tochter ſagen. Der arme Mann wird
es onehin nur zu bald erfaren, und dem
Perükenmacher nicht wenig Mühe verurſa-
chen, ſeine Perüke, die er, als er es hörte, bald rechts, bald links ſchob, wieder
in Form zu bringen.

Neun-

Neuntes Kapitel.

Wie gut sind die daran, die über das altmodische Rotwerden hinaus sind.

Indessen die Sachen so im Hause des Hrn. Schlendrian stunden, trug sich in der Stadt etwas zu, das zu manchem Naserümpfen, Gezische spötischem Bedauern, u. b. gl. Anlas gab: Herr Strattmann, ein vermöglicher ansehnlicher Mann, dessen Gattin, die er zärtlich liebte, mit dem zweiten Kinde starb, hatte schon fünf Jahre als Witwer den Verlust seines geliebten Weibes betrauert. Sie hinterlies ihm einen Knaben von zwei Jahren, und ein Mädchen, derer Leben ihrer Mutter Tod war. Sie liebte seine Kinder mit wahrer Vaterliebe, besonders das Töchterchen, das ihm um so theuerer war, weil

weil er es durch den Verlust seines besten
Weibes erhielt. Um an ihrer Pflege nichts
mangeln zu laſſen, nam er ein Mädchen von
vier bis fünf und zwanzig Jahren ins Haus,
dem teils die Aufſicht über das Hauswesen
am meiſten aber die Wartung seiner Kinder
oblag.

Herr Stratman wuſte, daß gemiethe-
te Liebe das nie den Kindern ſei, was ihnen Mutterliebe iſt. Er wuſte, daß das
beſte Mädchen nie das gegen fremde Kinder
fülen, und folglich auch nie dieſe Sorg-
fült für ſie haben kan, was eine Mutter
fült, und dieſem Gefüle zufolge für ihr
Kinder tut. Aus dieſer Urſache ſuchte er
durch ein gütiges, freundliches Betragen
gegen das Mädchen, dem er seine Kinder an-
vertraute, ihre Neigung für ihn und für ſeine Kinder zu gewinnen.

Thereſe, so hies die Ziehmama, war
Frau im Hauſe. Alle Dienſtboten gehorch-
ten ihrem Befele, und ſelbſt Herr Stratman ließ ſich manches von ihrer üblen Lau-
ne gefallen, was er ſonſt nie geduldet hätte
nur damit ſie gefällg und ſorgſam für ihr

D   Zi-

Zöglinge sein möchte. Das gefällige Betragen, die Achtung für ihre Launen, das Zu-
vorkommende, selbst das Schmeichelnde des
Herrn Stratmans gegen sie hielt das Mädchen für Liebe. Sie glaubte ganz sicher eine
Eroberung an ihrem Herrn gemacht zu haben; und ihr Spiegel sagte ihr, daß ihre
Reize unwiederstelich, und mächtig genug
sind, einem Wittwer seine seit fünf Jahren
verstorbene Frau vergessen zu machen. Sie
schmeichelte sich nun bald Frau Stratmanin
zu werden; und da sie sah, daß er seine
Kinder ungemein liebte, so verdoppelte sie
nun auch ihre Zärtlichkeit gegen diese.

So verflossen einige Monate, one daß
Herr Stratman sich näher erkläret hätte.
Er war immer gefällig, immer freundlich;
immer nachgiebig; aber nie sprach er von
Liebe; nie davon, sich mit ihr trauen zu
lassen. Schon dauerte es ihr zu lange. Sie
hatte sich an einigen Orten etwas davon
verlauten lassen; hatte sogar die Glükwün-
sche von vielen ihren Bekanten und Bekan-
tinen als künftige Frau Stratmanin angenommen, und ihr Herr tat nichts dergleichen,
was sie hätte mit mer Zuversicht hoffen

laſ-

laſſen können, daß ſie es werden würde.
Dieſe Ungewisheit war ihr unbeträglich. Sie
beſchlos, ihm unvermerkt auf das Geſpräch
von der Heurat mit ihr zu lenken. Sie tat
es, und erfur zu ihrem größten Schmerz,
daß ſie ſich in ihren Erwartung gewaltig ge=
täuſcht habe; und daß Herr Stratman,
ſolte er je ſich wieder verehlichen, ſeine Wal
nie auf ſie richten würde. Freilich ſagte er
ihr das leztere nicht mit ſo deutlichen Wor=
ten; aber doch ſo, daß ſie ihn ſatſam ver=
ſtehen, und ſich aus ihrem Wane reiſſin
könte.

So ſer Thereſe über die Gewisheit,
daß ſie ſo viel gehoft hatte, betäubt war;
ſo wachte ihre Hofnung doch bald wieder
auf, und hielt das Glük, Frau Stratmanin
zu werden, noch nicht für verloren. So
viel ſah ſie zwar ein, daß ſie aus Liebe
von ihm nicht würde gewält werden;
allein ſie dachte — Liebe komt nach der
Hochzeit; und darum ſan ſie auf eine Liſt,
die ihr zur Hochzeit verhelfen ſolte.

Thereſe war ziemlich gut gebauet. Ihr
Geſicht neigte ſich mer zum Schönen, als

zum Häslichen; und überdies' hatte sie noch
andere Reize, die bei einem Faun das schön=
ste Gesichtchen aufwiegen, wenn diese man=
geln. Therese wuste das, und zweifelte
nicht, daß sie durch Hilfe eines Mittels,
wodurch schon manches Mädchen bei dem Kon=
sistorium einen Mann erhielt, Herrn Strat=
man in ihr Netze haschen würde. Vernünf=
tig, wie sie war, wartete sie die Gelegenheit
ab, wo Zeit, Umstände und Bedürfnis ihr
Mittel um so wirksamer machen musten. Herr
Stratman hatte sich einst in einer Gesel=
schaft etwas spät verweilet. Es war ellf
Uhr. Das Gesind schlief, Therese allein
wach, um dem Herrn, wenn er nach Hause
käme, aufzumachen, und ihn entkleiden zu
helfen. Es war eine schwülle Sommernacht,
und Therese mit dem leichtesten Nachtgewan=
de bekleidet. Herr Stratman klingelte end=
lich an. Therese öfnete die Türe, leuch=
tete ihm in seine Stube, und entkleidete ihn
Die Fröllichkeit des Tages, und der etwas
wider Gewohnheit mer genossene Wein hat=
te Herrn Stratman äusserst munter und auf=
geweckt gemacht Er scherzte mit Theresen
über ihren leichten Anzug, scherzte über —

man=

mancherlei; aber er that auch nichts mer
als scherzen, und legte sich, nachdem er
ihr eine gute Nacht gewunschen, zu Bette. Therese war erbost, daß Herr Stratman es nur beim Scherzen bewenden ließ;
doch bald überredete sie sich, er habe aus
Blödigkeit, die gemeiniglich Furcht erzeugt,
nicht gewagt, mer zu unternemen; und da
sie nun schon ihm den ersten Schritt entgegen gieng, warum solte sie nicht auch den,
zweiten tun? Nachdem sie Runde gehalten,
und gefunden, daß alles im festen Schlafe
begraben sei, schlich sie ganz leise in die
Schlafkammer des Herrn. Herr Stratman war noch wach. Er fragte, wer es
sei? „Ich, sagte Therese. Mir war, als
wenn sie gerufen hätten. Felt Ihnen was?"
Nichts, als Ruhe, sagte Herr Stratman.

Warlich, erwiederte Therese, und sezte
sich auf sein Bette, Sie sind doch ein recht
schläfriger Mann. Sie neigte sich zu ihm,
daß sein Gesicht ihren Busen berürte.

Ein flüchtiges Feuer schoß Herrn Stratman durch alle Glieder. Seine Wangen
gluhten. Therese fülte sie an ihrem Busen
bren-

brennen, und hielt den Sieg genommen.
Sie wolte sich an seine Seite legen, als
sich Herrn Stratmans Tugendgefül er=
munterte, und die Unverschämte aufgebracht
von sich sties Sie wagte noch einige Ver=
suche; aber vergebens. Beschämt und vor
Wut auffer sich muste sie sein Zimmer ver=
lassen.

Am andern Morgen zalte Herr Strat=
man sie aus, und entließ sie. Dieses reiz=
te sie noch mer zum Zorn, und sie schwur
sich an ihm zu rächen.

Vierzehn Tage hernach, als sie aus dem Hau=
se des Hrn. Straman war, genos ein junger
Offizier, war ihr Herr mit Verachtung von
sich sties, und Therese fülte bald, daß sie
Mutter werden würde. Dies schein ihr ei=
ne Gelegenheit, sich an Herrn Stratman zu
rächen. Im sechsten Monate schrieb sie ihm,
daß sie von ihm empfangen habe; er möch=
te daher Anstalt zu ihrer Versorgung machen.
Die Unverschämtheit dieses Mädchens entrü=
stete den guten Mann gewaltig. Er wolte
sie vor Gericht belangen; aber bald reuete
es ihn. Er verrachtete sie zu ser, und
glaub=

glaubte es sei genug, wenn er sie keiner Ant=
wort würdigte. Therese sah dies voraus;
auch war ihr nicht um eine Antwort, nicht
um einen ausgeworfenen Gehalt von ihm zu
tun. Sie wolte ihn beschämen, wolte ihn
öffentlich beschämen. Im achten Monate
schrieb sie ihm noch einmal und drote, ihn
zu verklagen, wofern er sich mit ihr nicht
abfinden würde. Stratman beantwortete
auch diesmal ihre Unverschämtheit mit still-
schweigender Verachtung, und begnügte sich,
sie ihrem Elende, und dem Geful ihrer
Schande zu überlassen. Ihre Drohung verlachte er; denn er glaubte nicht daß ein
Mensch die Unverschämtheit so weit treiben
könte, einen Unschuldigen wissentlich eines
Verbrechens zu zeihen: Stratman kante die
Menschen nicht.

Vierzehn Tage verflossen seit Theresens
leztem Briefe, als ihn am einem Morgen ein
Gerichtsdiener vor dem hohen Rat forderte.
Stratman verfügte sich dahin, weit ent=
fernt die Ursache seiner gerichtlichen Vorfor-
derung nur im geringsten zu mutmassen.
Herr Schlendrian empfing ihn mit einem
spöttischen Lächeln. „Sie sind, sagte er,
ei=

 Cafus wegen vor Gericht geforbert,
 m n nicht gerne publik werben läſt. Et
nun in en Jahren; freilich, man weiß
wo', nte's geht. Aber ſind ſelbſt ſchuld,
warum kauften Sie ſich nicht in der Güte
ab? Niemand hätt' was erfahren." Herr
Stratman konte aus dieſer Anrede nicht
fuig werden, und bat, ihm zu ſagen, wes=
wegen er wäre hieher beſchieden worden.
Herr Schlendrian nam das Wort: "Man
hat Sie vor dem hohen Gerichte beſchuldiget,
Sie haben mit ihrer ehmaligen Haushälterin
Thereſia N * * zu nahe Bekantſchaft ge=
macht und wären Vater von dem Kinde,
mit dem dieſes Mädchen nun im neunten
Monnate geht." Bei den lezten Worten
trat Thereſe aus einem Seitenzimmer, und
bejahte, was Herr Schlendrian eben geſagt
hatte. Bei dem Anblike dieſer Unverſchäm=
ten, und der unvermuteten Beſchuldigung
ward Stratman vor Zorn und Scham rot.
Herr Schlendrian bemerkte die Röte, die
ſich über die Wangen des Beſchuldigten er=
gos, und ſagte: "Ja ja, ſie dürfen nun
nicht mehr leugnen. Nach den Geſezen iſt
es klar, daß ſie der Vater ſind." Strat=

man

man bat es ihm zu beweisen. „Herr Schen=
„brian entgegnete, §. 10 Hauptstük IV.
„steht, — — Diese Schuldigkeit (die
„Kinder zu ernären) liegt vorzüglich dem
„Vater ob, für welchen derjenige zu hal=
„ten ist, der entweder wärend der Schwan=
„gerschaft, bei der Geburt; oder sonst durch
„die kleinste Handlung zu erkennen
„giebt, daß er das Kind als das seinige
„ansehe." Nun sind sie rot gewor=
den, folglich haben Sie durch eine kleine
Handlung zu erkennen gegeben, daß sie Va=
ter zum Kinde sind."

Stratman protestirte gegen diesen Be=
weis und fürte alles an, was diese Nieder=
trächtige versucht hatte, ihn zu verfüren. Er
berief sich auf seinen bisherigen untadelhaf=
ten Wandel, und wolte mit einem Eide sei=
ne Unschuld bezeugen. „Ja, wenn sie
nicht rot geworden wären, sagte Hr. Schleu=
brian, so könte so was allenfals noch statt
finden. Aber das Rotwerden überzeugt sie
nach dem Buchstaben des Gesezes, und Sie
müssen das Kind erhalten. Stratman
wurde verurteil, dem Kinde jährlich hun=
dert

dert Taler auszuwerfen, und so ward er ent=
laſſen.

Er fügte ſich, ganz mismutig über den
Buchſtaben des Geſezes, nach Hauſe, wo einige
ſeiner Freunde ihn erwarteten. Seine Mine ver=
riet den Unmut ſeiner Seele: man drang in ihn,
die Urſache davon zu ſagen; aber er weigerte
ſich, etwas zu geſtehen. Endlich kam ſein
Sohn, und wolte, wie er es ſonſt gewönt
war, auf des Vaters Knie ſich ſezen. Strat=
man fragte ihn mit rauhen Worten? „Was
haſt du heute angeſtelt?‟ Der Knabe
wurde rot, und ſtammelte: „Nichts Papa!‟
Puf hatte er eine Ohrfeige. Seine Freund
ſcholten ihn, den Knaben umſonſt geſchlagen
zu haben. Der Purſche ſol nicht rot wer=
den, ſagte Stratman, wenn man ihn be=
ſchuldiget, etwas begangen zu haben. Mich
koſtet es nun, daß ich heute rot wurde,
alle Jahre hundert Taler. Izt erzälte er
die ganze Sache. Alle lachten, als ſie hör=
ten, daß das bloſſe Rotwerden einen zum
Vater machen köne. Stratman lachte zu=
lezt mit, behilt ſeine Freunde bei ſich zu Ti=
ſche, und man ſcherzte bis Abend.

Strat=

Stratman schlug seinen Sohn, so oft
er rot wurde, und dieses fruchtete so viel,
daß der Knabe zulezt, selbst bei seinen be=
gangenen Feler, wenn er darüber befragt
wurde, nie durch die kleinste Handlung
verriet, daß er schuldig sei. So recht,
sagte der Vater, und umarmte ihn. Man
muß izt die unverschämteste Dreistigkeit be=
sizen, wenn einen der Buchstabe des Gese=
zes nicht zur Erhaltung fremder Kinder ver=
urteilen sol.

Zehn=

Zehntes Kapitel.

Worin Herr Schlendrian die Sache seiner Tochter vertrit.

Lotchen nahte sich indessen dem Zeitpunkte immer mer und mer, wo junge Mädchen nicht mer verbergen können daß sie verstolener Weise in den Frauenorden inizilrt wurden. Herr Schlendrian, dem seine Geschäfte den Kopf so anfülten, daß er von dem, was im Hause vorgieng, gar nichts wuste, hätte er nie wargenommen, wenn nicht seine teure Ehehälfte, die auf Lotchen eifersüchtig war, daß diese eher, als die Mama, Mutter geworden, ihm das Geheimnis entdekt hätte. Herr Schlendrian zog die Augenbraunen gewaltig in die Höhe, und lüpfte seine Perüke bald rechts, bald

links,

links, als er es hätte. Er rieb sich die
Sterne, bald die Hände, nahm eine Priese,
verstreute einige Papierchen, löschte einige
Hiroglifen in seinem Hut aus; und endlich
ließ er das Mädchen kommen. Lotchen ge=
stund one Tortur alles ein, und Hr. Schlen=
drian, aufgebracht über die seinem Hause
erwiesene Schande, schwur, daß Reinab es
ihm treuer bezalen solte. Am andern Ta=
ge trat Schlendrian ins Gericht, nicht als
Oberrichter, sondern als Sachwalter seiner
Tochter; und deswegen nam der Unterrich=
ter die Stelle des Hrn. Schlendrians ein.

Lotchen trat vors Gericht, und verlang=
te, daß Reinab angehalten würde, einen
Unterhalt für ihr Kind auszusezen, Reinab
ward befragt, ob er sich als Vater bekenne
und da dieser es eingestund, so ward er
vermög 10. §. IV. Hauptstük zur Versorgung
des Kindes angehalten. Nun nam Herr
Schlendrian das Wort, und forderte jähr=
lich vier hundert Taler. Denn, sagte er,
vermög §. 11. Hautstük IV. heist es klar:
„Der Unterhalt des unehligen Kindes ist
„nach dem Stande der Mutter abzumessen.“
Der Stand meiner Tochter aber ist in Tro=

vos

vos, der vornemſte; es iſt alſo nicht übertrieben, wenn ich für das Kind derſelben jährlich vier hundert Taler fodere. Der ganze wolweiſe Rat billigte die Forderung, und Reinab ward verurteil, jährlich dieſe Summe zu zalen.

Der arme Reinab riß gewaltig die Augen auf, als er härte, daß er zu einer Summe verurteilt ſei, die er nie in ſeinem ganzen Leben beiſammen hatte. Er entſchuldigte ſich, daß ſeine Vermögensumſtände ſo ſehr ſchlecht wären, daß er nie eine ſolche Summe zu geben vermöge, u. d. gl., allein das half nichts. Herr Schlendrian hielt ſich an den Buchſtaben des Geſezes und foderte den Unterhalt für das Kind nach dem Stande der Mutter. Da nun Reinab ſah, daß ſeine Entſchuldigungen nicht angenommen wurden, ſo rükte er endlich ganz mit der Sprache heraus, und geſtnnd, er ſei ein vazirender Herrendiener, der, wenn er auch wieder wo Dienſte bekommen ſolte, ſelbſt jährlich keine vier hundert Taler einnemen würde, folglich niemals dieſe Summe zalen künte. Dieſe Gründe wurden nun von dem hohen Rate für billig erkant, und

und Reinad von der Erhaltung des Kindes
losgesprochen. Herr Schlendrian begnügte
sich nicht damit. Er sagte, wenn der Vater unvermögend ist, den Unterhalt zu reichen, so sind vermöge §. 6. Hauptstük IV.
die Grosseltern väterlicher Seite dazu verbunden; also müssen seine Eltern jährlich
vier hundert Taler zur Erhaltung des
Kindes geben. Diese Forderung hielt der
hohe Rat wieder für billig. Allein Reinad
antwortete: Seine Eltern, arme Taglöner, wären schon seit drei Jahren tod; und
so wäre es also natürlich, daß diese nicht
das Kind unterhalten könten. Der hohe
Rat fand diesen Einwurf ganz gegründet,
und sagte: es scheine ihm selbst, daß
Eltern, die nur Taglöner, und schon drei
Jahre tod sind, das Kind ihres Sohnes
nicht erhalten können. Wer wird also das
Kind meiner Tochter erhalten?" fragte
Herr Schlendrian. Sie selbst, antwortete
der Unterrichter; denn in eben dem §. 6.
Hauptstük IV. heist es, daß den Groseltern mütterlicher Seite die Erhaltung des
Kindes zukomme. Herr Schlendrian protestirte dagegen, und sagte, der Buchstabe
des Gesezes laute §. 6. nicht so, sondern:

„den

„den Großelter von mütterlicher Seite
„kan der Unterhalt der Enkeln nur in dem
„Falle aufgebürdet werden, über welchen
„§. 4, wegen der Tochter die Verordnung
„gemacht worden." Das heiß ja nicht,
sagte Herr Schlendrian; daß der Vater
das Kind seiner Tochter erhalten muß. Laß=
sen Sie uns den 4. §. aufschlagen; sagte
der Unterrichter. Herr Schlendrian schlug
den 4. §. auf und fand: „Wenn eine
„Tochter mit oder one Heiratgut verhei=
„ratet worden, und der Mann sie nicht
„zu unterhalten im Stande ist, liegt ihr Un=
„terhalt den Eltern desselben, und weiters
„seinen Großeltern ob. Sind aber diese
„unvermögend, so ist der Vater die Toch=
„ter zu erhalten verbunden." Und in die=
sem Fall also auch die Kinder derselben
vermög §. 6. Herr Schlendrian erkante
nun, daß der Buchstabe des Gesezes ser
klar sei, ging mit seiner Tochter nach Hause,
machte Anstalt zu ihrer heimlichen Entbin=
dung, und gab das Kind außer Tropos in
Versorgung.

Eilf=

Eilftes Kapitel.

Wenn Er ja sagt, ist der Prozeß
entschieden.

Die häufigen Geschäfte des Herrn Schlen=
drians machten ihm bald den Unmut ver=
gessen, den ihm seine Tochter verursacht
hatte. Wie könte er auch an seine häusli=
chen Umstände denken, da, wenn kaum ein
Rechtshandel entschieden war, schon wieder
ein neuer beim Gerichte anhing.

Schon am dritten Tage, als Herr Schlen=
drian überzeugt wurde, daß er nach dem
Buchstaben des Gesezes das Kind seiner
Tochter erhalten müsse, kam ein ser ver=
worrener Handel in der Session vor, dessen
leichte Entscheidung Herr Schlendrian blos

der

der Deutlichkeit der neuen Geseze verdankte.
Herr Kornikut, ein Mann über die sechzig,
von Podagra, Hiragra, Hektik, und meh=
reren kleinen Uibeln gequält; übrigens ein
ser reicher Mann, hatte sich zur Freude
seines Alters ein Mädchen von 17 Jahren
antrauen lassen, das ser schön, aber eben
so arm, als reizend war. Seine Verwand=
ten griesgramten gewaltig darüber, daß der
alte ganz baufällige Saft = und Kraftlose
Mann noch einmal an Himens Altar keu=
chend hinkroch. Als Erben seiner Reichtü=
mer konten sie auch so was unmöglich gelas=
sen ansehen; denn es war leicht zu vermu=
ten, daß das Mädchen one eine grosse Wie=
derlage von dem Greise gegen das ihm bei=
gebrachte Heiratsgut, ihre Schönheit und
Jugend, sich nicht mit dem Ebenbilde des
Todes vermält hätte. Diese Wiederlage
schmälerte also ihre Erbschaft ganz sicher um
einen beträchtlichen Teil. Als aber die lie=
be Gemalin des Herrn Kornikut gleich nach
dem sechsten Monate ihrer Trauung mit ei=
nem hübschen wolgestalteten gesunden Knäb=
chen niederkam, der auf den Namen des Herrn
Kornikut getauft wurde, und ihnen nun die
Geburt dieses Kindes alle Hofnung zur Erb=

schaft

schaft raubte, da schlugen sie Lärmen; schalten das Kind unehlich, das also keinen Anspruch an das Vermögen des Herrn Kornikut machen könne.

Das treue Weibchen war vor Schmerz über die Beschuldigung der Verwandten ihres Mannes ausser sich. Sie zerflos in Tränen, daß man so gottlos sei, ihre Tugend so schreklich zu verläumden, und sie einer Untreu gegen ihren so zärtlich geliebten Mann zu beschuldigen. Herr Kornikut weinte mit seinem treuen Weibe um die Wette, und beteuerte ihr, daß er dem boshaften Geschwäze seiner Verwandten kein Gehör gebe; ja eher an seinem Podagra, das ihn doch fast täglich mit unsäglichen Schmerzen quäle, als an ihrer Treue zweifeln wolle. „Ach! seufzte das liebe Weib, freilich sind wir erst sechs Monate getrauet; aber du weist liebes Mänchen, daß du drei Monate vor der Trauung einmal Abends ser spät ganz allein bei mir warst."

„Ja ja, liebes Täubchen, ich kan mich dessen erinnern. Ich sas damals am Kopf

E 3   de-

deines Bettes. Du lagst so schön da, und mich plagte so gewaltig der Husten, und das Podagra."

„Richtig lieber Mann, ach! und eben da war es, daß ich von dir Mutter ward."

„So muß es sein. — One Zweifel ist es da geschehen, denn sonst weiß ich nicht, daß ich so nahe an deinem Bette war. — O ja es ist mein Kind. Ich wär' ein Unkrist, wenn ich es nicht dafür erkänte. Meine Verwandten sind Bösewichte. — Sie sollen nichts haben. Dir und meinem Kinde gehört mein ganzes Vermögen." Mit diesen Worten verließ Herr Kornikut sein getröstetes Weib, und schickte seinen Verwandten zu sagen, daß keiner je mer sich bei ihm sehen lasse, und daß das Kind, welches sie so unverschämt wären, für unehlich zu halten, sein Kind, Fleisch von seinem Fleische, und Blut von seinem Blute wäre.

Die Verwandten des alten Herrn erstaunten nicht wenig, daß ihr lieber Vetter so ein großer Ket sein, und sich in seinem

Al=

Alter, und bei seinen Zuständen für fähig
halten könne, Vater zu werden. Sie wag-
ten einige Versuche, ihn mit Güte dahin zu
bringen, das Kind nicht für das seine zu
erkennen, und es der Erbschaft unfähig zu
erklären; aber vergebens. Herr Kornikut
war gar nicht zu überreden, daß das liebe
Söhnchen nicht aus seinen Lenden solte ent-
sprossen sein. Er herzte und drükte das
Kind mit jedem Augenblike immer inniger,
und seine Liebe zu selben war unaussprech-
lich. „Ist das nicht die Stimme der Natur, sagte er, die mich zwingt dieses Kind
zu lieben? Und würde die Natur so laut in
mir sprechen, wenn es nicht mein Kind
wäre."

Da nun die Verwandten sahen, daß
Herr Kornikut für den jungen Bankert, wie
sie das Kind nanten, ganz närrisch eingenom-
men sei, so suchten sie bei Gerichte die Erklärung dieses Kindes als unehlich zu bewirken.
Alle Aerzte in ganz Tropos, denn Herrn Kornikut befand sich seit zehn Jahren unter ihren
Händen, bezeugten ihnen, daß Herr Kornikut völlig unvermögend sei, nicht nur allein
Kinder zu zeugen sondern sogar beizuwo-
nen

ven. Mit diesen Zeugnissen versehen bega-
ben sich die Verwandten des alten Herrn
vor Gericht; brachten ihre Klage vor, und
baten; da dies uneheliche Kind in die Familie des Herrn Kornikut durch dessen Gattin
eingeschwärzt worden, so möchte das wolweise Gericht, damit die Familie nicht um
das ihr nach allen Rechten zugehörige Vermögen gebracht werde, selbes für Kontra-
bande erklären. Herr Schlendrian schikte
um den alten Herrn, um auch ihn darüber
zu vernemen. Kornikut kam von zweien
Bedienten geführt, und unter beständigem
Husten an. Sobald man ihn sah, schrie
der ganze hohe Rat: „aha es ist klar und
augenscheinlich, daß der Mann unfähig ist,
Vater zu werden; es ist so viel als bewiesen,
daß das Kind unehlich sei." Man lies Herrn
Kornikut niedersezen, und Herr Schlendrian
agte: „ihr Verwandten, mein Herr, klagen das Kind ihrer Frau als unehlich; und
Ihren Umständen nach zu urteilen, werden
Sie auch der Meinung Ihrer Verwandten
sein, und dies Kind für unehlich erklären."
Herr Kornikut ward vor Zorn ganz blau,
als er dies hörte. Was, hustete er, mein
Ehdächen, mit dem mich der liebe Gott in
mei

meinem Alter erfreuet, ein uneßliches Kind?
Meine Verwandten mögen unehlige Kinder
sein; aber mein Sohn ist mein leibehliches
Kind, das ich mit meiner treuen Hausfrau in
der Furcht Gottes gezeugt habe. „Alle lachten, nur Hr. Schlendrian nicht. Er fragte
ganz ernsthaft:"Sie erkennen also das Kind
für das Ihrige, und nicht als unehliges,
welches ihre Frau nach dem sechsten Monate
geboren hat? Ja sagte Herr Kornikut, es
ist mein Kind. Ad Protocollum, sagte
Herr Schledrian. „Der woleble Herr
Kornikut erkent das Kind, als leibehlich.‟
Dann wandte sich Herr Schlendrian an die
Verwandten, und sagte ihnen, ihr Gesuch
habe nicht statt; und sie sein abgewiesen.

Die Verwandten protestirten dagegen.
Sie beriefen sich auf die Zeignisse der Aerzte, beriefen sich auf die einstimmige Aussage
des hohen Rates, selbst des Herrn Schlendrians, daß Kurnikut nicht mer fähig sei.
Seine eigene Person spreche wieder seine Aussage. Ein Mann, der so kränklich, mer
im Grabe, als auf der Erde sei, solte ein
so frisches, starkes, gesundes Kind zeugen?
Das wäre unmöglich. Selbst der hohe Rat
war

war ihrer Meinung, und votirte: daß
Kind ongeachtet der Aussage des Herrn
Kornikuts für unehlig zu erklären. Aber
Herr Schlendrian sagte: so was wäre wi=
der den Buchstaben des Gesezes, und er
würde nie zugeben, daß dagegen gehandelt
würde. Denn, fur er fort, im 1. §. Haupt=
stük IV. heist es klar: „Wenn der Mann ein
„zu früh gebornes Kind für das seinige an=
„erkent, macht dieses für die ehliche Ge=
„burt des Kindes den vollen Beweis." Und
gleich im 2. §. dieses Hauptstüks, steht es
wieder ganz deutlich: „Niemand, als der
„Mann, ist berechtigt, gegen die ehlige
„Geburt eines Kindes Zweifel zu erheben."
Nun erhebt Herr Kornikut nicht nur keine
Zweifel wieder die ehlige Geburt des Kindes;
sondern erkent es auch für das seinige; es
ist also nach dem Buchstaben des Gese,es sein
Kind, wenn es gleich nach allen Umständen
unmöglich scheint, daß er fähig sei Vater zu
werden. Der hohe Rat muste sich nach dem
Spruche des Oberrichters fügen. Die Ver=
wandten verliessen aufgebracht und traurig
das Gericht. Herr Kornikut keuchte zu sei=
nem lieben Söhnchen nach Hause. Herzte
und küste es; legte sich nieder, und starb
am

am dritten Tage. Die Verwandten versuchten izt, ob sie dem Kinde das Erbrecht streitig machen könten; es war aber als ein ehliges Kind einprotofollirt, und ihr Versuch war umsonst. Die Gemalin des Herr Kornikut war über dessen Verlust so untröstlich, daß sie in sechs Monaten nach seinem Tode einen jungen hübschen, starken Mann heiratete, der aus Dankbarkeit gegen das hinterlassene Vermögen des Hern Kornikut dessen sogenanten verwaisten Sohn recht herzlich liebte.

Zwölf=

Zwölftes Kapitel.

Worin Herr Schlendrian eine Streitsache bekömt. Die nach den alten Gesezen in dreissig Jahren wenigstens, nicht hätte entschieden werden können.

Noch nie, seit dem in Tropos Gericht gehalten wurde, kam ein änlicher Rechtsstreit daselbst vor, als dieser war, der, wären nicht die neuen Geseze dem Herrn Schlendrian zu Hilfe gekommen, ihm wenigsten tausend schlaflose Nächte gekostet hätte, um in allen Rechtsgelerten nachzuschlagen, was bei einem solchen Falle zu tun, wie er zu entscheiden sei. Fülte Herr Schlendrian ie, wie klar die neuen Geseze, so war es hier am meisten, wo er von ihrer Deutlichkeit überzeugt wurde; wo er ihnen die so

schnel-

schnelle Entscheidung eines Fals, der den Kaiser Justinian selbst verwirret hätte, zu verdanken hatte.

Frau von Altowite war noch kaum zween Tage verehliget, als sie von ihrem Manne völlig geschieden zu werden verlangte. Jedermann staunte: niemand konte die Ursache erraten. Er ein schöner, junger, feines Mann, der sie zärtlich liebte, der Vermögen hatte; welches Weib würde sich nicht glüklich schäzen, solch einen Mann zu haben? und doch wolte Frau von Altowite von ihm geschieden sein. Unbegreiflich, sagten alle Damen. Frau von Altowite klagte über Betrug, und forderte deswegen die Ehescheidung.

Am Gerichtstage wurde Frau von Altowite und ihr Gatte vorgerufen, und sie aufgefodert, ihre Klage vorzubringen. Sie begon: „Wolweise, Hochgelerte, Hoch„gestrenge Herrn! da ich mich verehligte,„ „wolte ich keinen andern Mann, als der mit „Herkulischer Kraft versehen, ihm nicht nur „an äuserlichem Ansehen, sondern auch an in„nerlicher Stärke, und Taten gleiche, und „des

76

„deſſen Waffen an Gröſſe und Stärke der
„Keule Herkules nichts nachgeben. Als mich
„mein iziger Gemal um meine Hand erſuchte,
„als ich fand, daß ſein Bau, ſein Körper
„äuſerlich dieſem meinem Lieblingshelden des
„Altertums ſo ziemlich gleiche, und ich daher
„glaubte, mich entſchlieſſen zu können, ihn zu
„ehligen, da fragte ich ihn, ob er auch
„ſo Herkules in der Tat ſei, wie er es zu ſein
„ſcheine; denn nur unter dieſer Bedingung
„könte ich ihm meine Hand geben. Er lä-
„chelte, und ſchwur, daß er noch mer, als
„Herkules ſei, und ſich traue, achtzig, ſtatt
„fünfzigmal zu ſiegen. Dieſe Eigenſchaft
„machte mir ihn ſchäzbar, und ich gab ihm
„meine Hand. Aber Wolweiſe, Hochgeler-
„te, und Hochgeſtrenge Herrn, er hat mich
„gewaltig betrogen. Ich fülte, daß mein
„Mann nicht nur kein Herkules ſei, ſondern ſo-
„gar noch weniger Stärke, Mut, und Ta-
„pferkeit hätte, als der gemeinſte Mann. Da
„ich mich nun in ſeiner Perſon geirret, und
„er fälſchlich diejenige Eigenſchaft vorgegeben,
„die ich von meinem Manne forderte, ſo
„werden ſie einſehen, daß unſere Ehe ungül-
„tig iſt, und in die Scheidung, die ich for-
„dere, willigen.“

Der

Die Wolredenheit der Frau von Alltowitte, mit der sie ihre Klage vorbrachte, sezte
den ganzen hohen Rat eben so ser in Verwunderung, als man über ihre Forderung erstaunte. Man lies sie abtreten; und
nun ward votirt. Alle stimten überein,
daß keine hinlängliche Ursache zur Ehescheі-
dung da wäre; denn ihr Irtum in der
Eigenschaft ihres Manns sei nicht wesent-
lich; auch wäre ihre Förderung an sich
selbst schon so beschaffen, daß sie unmöglich erfült werden könne. Der Sohn eines Gottes, wie Herkules, habe sich wol
einer solchen Tat unterziehen können; aber
kein Menschensohn vermöge so was zu tun.
Wenn etwas unmögliches gefordert würde,
könne man nicht betrogen werden, weil
nichts unmögliches geschehen kann. Der
Gemal der Frau von Alltowitte habe sie
also nicht getäuscht, sondern ihrer nur ge-
spottet; man müste sie also abweisen, und
sie ermanen, von ihrern ungereimten For-
derungen abzugehen, und sich zu überzeugen,
daß hier kein Irtum in der Eigenschaft ihres Mannes vorgefallen, da kein Mann
eine solche Eigenschaft besitze. u. s. w. Alle
waren dieser Meinung, nur Herr Schlendrian

brian nicht. Er nam das Wort, und
sprach: „So hätten wir allenfals nach.
den alten Gesezen entschieden; und ich ge=
stehe, daß ich auch dieser Meinung sein
würde, wenn wir keine neuen Geseze hät=
ten, die so hel, wie die Sonne sind, und
worin dieser Fall ganz klar enthalten ist.
Aber nun fordert es der Buchstabe des Ge=
sezes, daß wir nach selben entscheiden, und
nach diesem Buchstaben, ist das Gesuch
der Frau von Altowitz billig. Denn §. 26
Hauptstük III heist es: „Ungültig ist der
„Vertrag der Ehe, wenn in der Person,
„mit welcher die Ehe geschlossen worden,
„ein Irtum vorgehet. Ein in Nebensachen,
„oder in den Eigenschaften der Person vor=
„gegangener Irtum aber hintert die Gültig=
„keit des Ehevertrags nicht, es sei denn, daß
„die Eigenschaft die ganze Wesenheit der
„Person verändert, und daß von der einen
„Seite die zur Ehe gegebene Einwilligung
„darauf ausdrüklich beschränket, von der
„andern Seite aber diese Eingenschaft be=
„trüglicher Weise vorgeben worden. „Was
ist deutlicher, als der Buchstaben dieses Ge=
sezes? Erstens ist der Irtum der Frau
von Altowitz wirklich in der Person: denn

E

sie glaubte einen Herkules zu bekommen, und
bekam nicht einmal einen gewänlichen Menschen; sei aber auch der Irtum nicht in
der Person, sondern nur in der Eigenschaft;
so wird, und kan niemand leugnen, das
diese Eigenschaft nicht die ganze Person
verändert; dann hat sie ihre Einwilligung
ausdrüklich auf diese Eigenschaft beschränkt,
und er hat sich betrügerischer Weise vorgegeben, also ist nach dem Buchstaben des
Gesezes der Ehvertrag ungültig, und sie
kan von ihm geschieden werden.

Der hohe Rat ward von dem gründlichen
Schluß des Herrn Schlendrians überzeugt,
und stimte seiner Meinung bei. Die Frau
von Altowite ward förmlich von ihrem Manne geschieden, und begab sich triumfirend
nach Hause. Man sagt, sie habe sich nie wieder verehliget, aber ihr Haus sei täglich
von dreißig Freunden besucht worden.

————————

Drei=

Dreizehntes Kapitel.

Worin allen Männern, die sich ver=
ehlichen wollen, geraten wird, vor
der Brautnacht, oder gar nicht,
über gewisse Dinge nachzuforschen.

Lotchen, Hrn. Schlendrians Tochter, ward
glüklich von einem Töchterchen entbunden,
das alfogleich auf das Land zur Erziehung
gegeben ward, und nach zween Monaten
blüte Lotchen wieder so schön, als zuvor.
Der nichts um die Sache wuste, hätte sich
hoch vermessen, Lotchen wäre so unschuldig
wie ein Mädchen von sieben Jahren: so jung=
ferlich wuste sie sich zu stellen. Ein reicher
fremder Handelsman lies sich in Tropos
nieder, sah Lotchen, verliebte sich in sie,
und forderte sie zur Ehe. Der Mann war

jung

jung und schön, hatte überdies ein grofes
Vermögen, war zärtlich und rechtschaffen;
so ein Mann kömmt nicht alle Tage, dachte
Lotchen; und jedes Mädchen würde an ihrer Stelle so gedacht haben.

Herr Jungblut warb, so oft er Lotchen
besuchte, sehr freundlich, von ihr empfangen, und ihm mit auszeichnender Hochachtung begegnet. Selbst Herr Schlendrian,
wenn er zu Hause war, sprach mit ihm sehr
höflich, und schwäzte so lange, bis ihn ein
Papierchen in seiner Dose, oder eine Hie-
roglife auf seinem Hute, oder ein Knötchen
an seiner Perüke an wichtige Geschäfte erinnerte, wo er sich sodann von der Geselschaft entfernte, und seine Tochter mit Hrn.
Jungblut allein ließ. Lotchen war gut gebildet, hatte viel Wiz, und war, was man
eine liebenswürdige Schwäzerin nent. Mit
jedem Tage ward Herr Jungblut verliebter,
und Lotchen zurükhaltender, er feuriger,
sie — behutsamer, bis endlich der gute
Junge dem Drang seines Herzens nicht länger widerstehen konte, zu ihren Füßen
stürzte, und ihr die schönste zärtlichste Liebes-
erklärung machte, die noch je in Prosa und

in Versen gemacht wurde. Lotchens Miene
drükte etwas aus, das weder Zorn noch
Freude noch Gleichgültigkeit verriet, es
war durch Uiberraschung erregtes Staunen,
Wonne und Schmerz, wider Gewalt her-
vorströmendes Gefül, das halb unterdrükt,
halb hervorbrach. Ihr Blik war bald Son-
nenschein, bald trübes Gewölke; ihr Busen
stieg bald schnel empor, bald hob er sich
langsam und schwer; sie hatte den Mund
geöfnet, und die Rede erstarb auf ihrer
Zunge. Sie sah den auf sein Todesurteil
wartenden Liebhaber mit einem von Furcht,
Schmerz, Freude und Zärtlichkeit gemengten
Blik an, und verlies ihn schnel von ihrem
Size aufspringend.

Das reime mir nun einer mit kaltem
Blute zusammen; und wenn er es nicht kan,
so lache er nicht des armen Jungbluts, der
in seinem fieberischen Zustande es noch weniger konte, in ein lautes Klagen wider die
Härte seines Schiksals ausbrach, und noch
eine Menge daher schwäzte, das dem Filosofen verworrenes, unsinniges Zeug dünkt,
dem Verliebten aber ein ordentlich Zusammen-
hangendes ausmacht. Noch flossen seine
Trä-

Tränen, als Lotchen zurük kam. Ihre
Augen glichen der Sonne nach einem sanf=
ten Regen: „Grausame, schrie ihr Jung=
blut entgegen, ist es ihnen nicht genug,
mich durch ihre Verachtung zu tödten, wo=
len Sie auch ihre Blike an den lezten Zu=
kungen des Unglüklichen weiden, der aus
alzuheftiger Liebe gegen Sie stirbt!" Lot=
chen schwieg. Sie sah ihn mit einer Mine an,
worin ein mit gesunden Augen Begabter
leicht sein Glük gesehen hätte; aber die Ver=
liebten haben nie gesunde Augen, und darum
sah Jungblut in diesen Minen etwas, das
sein Unglük nur mer als zu gewis bezeich=
net. „Ja, du fülst Wollust an meiner
Marter, rief er mit der grösten Verzweiflung.
Meine Tränen sind dir ein Lieblingstrank —
dein Herz lechzst nach dem Augenblike, mich
vor deinen Füssen sterben zu sehen. —
O du, die ich so inig, so warm, ja mer
als die Seligkeit liebte! — Grausame!
was zögerst du, mir selbst den Tod zu geben!
selbst diese Brust, dies Herz, das nur für
dich schlägt, zu durchboren! — Ha! es wär
mir Wollust von deiner Hand zu sterben. —
Auch diese versagst du mir? Wol —
wol — so wil ich selbst — — „Mit
diesen

diesen Worten zog Jungblut seinen Degen
und — Lotchen hielt seinen Arm zurük.- So
wenig wir sonst. Freunde von Mord und Tod-
schlag sind; so sind wir doch ein Bischen
über Lotchens zu früzeitige Hilfe aufgebracht,
weil wir voll Erwartung und Begierde waren, zu sehen, ob denn ein Mann wirklich
so ser Narr sein könne, sich eines Mädchens wegen zu ermorden; und hier hätten
wir die schönste Gelegerheit gehabt, uns
Augenscheinlich davon zu überzeugen. Hätte
sich Jungblut ermordet, so wär es ausser
Zwefel, daß es den Männern in der Liebe ser
unterm Hute fele; hätt' er sich nicht ermordet,
so könten wir, auf die Erfarung gestüzet,
alle Romanschreiber der gröbsten Lügen
strafen, die uns mit ihren so häufigen
Trauergeschichten und Tragödien, wo so
viel aus Liebe geselbstmordet wird, bis zum
Ekel rüren, aber diesmal können wir unsere
Neugierde nicht befriedigen, und müssen es
bis auf ein anders Mal verschieben.

Jungblut lies, so bald Lotchen seinen Arm
zurükhielt, den Degen fallen. Sei es, daß Lotchen wirklich stärker, als er war, oder daß er ohne

ne vielen Zwang — das leztere mag warschein=
licher sein; — sein Vorhaben aufgab. Er sah
sie mit einem stieren, traurigen Blike an,
und sie, nachdem sie ihm geboten hatte, auf=
zustehen, nam das Wort. „Wie verk n=
nen Sie, mein Herr, die Gesinnungen eines
Mädchens, das nichts weniger, als grau=
sam ist, Wüsten Sie — doch — und sie
schwieg." Vergebens drang Jungblut in
sie, sich weiter zu erklären. Sie schwieg
acht Tage, wärend welcher Jungblut seine
Bemühungen, ihre Liebe zu erhalten, ver=
doppelte.

Es vergingen vierzehn Tage, drei Wo=
chen, einige Monate, one daß Jungblut
weiter in seiner Liebe vorrükte. Lotchen ge=
stund ihm zwar, daß sie nicht gleichgültig
gegen ihn sei, daß seine Verdienste ihr Herz
gerürt, daß sie an seiner Seite sich glüklich
schäzen würde; aber, sügte sie hinzu, ein
unüberwindliches Hindernis liege zwischen
seinem und ihrem Herzen, und nie, nie könne
sie die seinige werden. Dieses Hindernis
ihm zu entdeken, bat Jungblut vergebens.
Endlich gelang es ihm, im Taumel,
wo sie, wie sie sagte, von ihrer Liebe ge=

gen

ge ihn ganz hingeriſſen, ihrer ſelbſt nicht
mächtig war, ihr Jawort zur Verbindung
mit ihm zu erhalten. Der vor Freude
trunkene Liebhaber eilte, die Einwilligung des
Vaters zu bekommen; und da er dieſe, wie
leicht zu errachten, erhielt, ſo machte er
nun ſo ſchleunig, als möglich, Anſtalt zur
Trauung.

Lotchen, nach der Sitte des Landes, mit
einem ſchönen Kränzchen geſchmükt, das ihr
aber dreimal vom Kopfe fiel, und truz allem
Bemühen der Zofe, über deren Ungeſchiklich=
keit ſich Jungblut ſer zürnte, nicht recht
feſt ſizen wolte, ging mit dem Geliebten zum
Altare. Der Prieſter ſprach die Worte des
ewigen Bundes der Treue und Liebe, der
bei manchen nur vierzehn Tage dauert, über
das Brautpaar, und nun eilten die Gäſte
nach Hauſe, den Tag in allem Vergnügen
zuzubringen. Selige Freude, gewekt von
goldenem Rebenſaft, der in geſchliefenen Glä=
ſern blinkte, herſchte bei allen; nur Lot=
chen verriet, daß ein innerer heimlicher
Samerz ihr die Freuden dieſes Tages ver=
gälle. Mitten unter Scherz und allerhand
Nekereien ſas ſie nachdenkend, und ver=

ge=

gebens bemühte sich der glükliche Bräuti=
gam, sie aufzuheitern. Die Fakel des Tags
erlosch nun, uud der Vorsal des Himmels war
mit tausend und tausend sanft schimmernden
Lichtern erhellet. Die Gäste von Tanz und
Weine ermüdet, warfen sich in die Arme
des Schlafes, und der glükliche Bräuti=
gam eilte mit seiner Geliebten, um in den
Armen der Liebe alle Seligkeiten des Lebens
mit grossen Zügen einzuschlürfen.

In dem Momente, wo der Gimnosofist
truz seiner nahen Verwandschaft mit den
überirdischen Geistern sich irrdisch fült; der
Alchimist seinen Prozes, den Drachen und
die Jungfer, und den Schmelztigel vergist,
und der Santon, truz seiner rauhen Kut=
te, seines Strikes, und seiner Geisel sich
Mensch zu sein empfindet; in diesem Momente,
wo der Stärkste zum schwachen Kinde wird,
und alle Kraft, alles Bewustsein verliert;
sich alle Sinnen nur in einem einzigen zusam=
men ziehen, in diesem Momente rieß Lot=
chen sich schnel, und mit den Worten: „ach
ich verdiene deine Liebe nicht!" aus den Ar=
men des vor Liebe glühenden Bräutigams
und wolte aus dem Bette in eine Seiten=
kam=

kammer fliehen. Mit Mühe hilt sie Jungblut zurük; bat sie, die Grillen faren zu
laſſen, und ſein Glük, nachdem ſeine ganze
Seele lechze, nicht länger zu verſchieben.
Er drang heftig und immer heftiger in ſie:
forſchte ſo lange, was ſie zu ſolchen Kapri-
zen bewege, bis Lotchen nachgab, und ihm
ſagte: „Ich habe ſchon ein Kind von einem
andern! und nun — kannſt du mich noch lieben?“ Jungblut antwortete ihr mit einer
Art darauf, welche gewiſſe Leute für den
ſtärkſten Beweis der Liebe halten. Lotchen
ſelbſt legte es ſo aus; war getröſtet, und
ſchlief vor Freude bis am hellen Morgen
nicht; und Jungblut — wachte mit ihr,
one an etwas zu denken, als — ans
wachen.

Als er aber aufſtund; ſein Blut ruhiger floß; der Sinnenrauſch verflogen, die
Vernunft von der Wolluſt nicht mer um-
nebelt war, da fielen ihm die Worte wieder
ein: „Ich habe ſchon ein Kind von
einem andern! und dieſe Worte zogen
wie ein Ungewitter durch ſeine Seele, und
verfinſterten alle Gegenſtände um ihn her.
Er ſah in Lotchen nicht mer; das geliebte

Mäd-

Mädchen, er sah eine gemeine Buldirne in ihr, die sich schon andern Preis gegeben, und ihn nur durch ihre verstelte Unschuld ins Garn gelokthat. Dieser Gedanke verwandelte seine Liebe in die stärkste Verachtung, und er schwur, sich von ihr zu scheiden. Eiligst kleidete er sich an, begab sich in hohen Rat, und bat, ihn von dem Weibe, das ihm gestern angetraut wurde, zu scheiden. Herr Schlendrian ward so ser vom Schreken getroffen, daß er Rüklings auf die Lene des Stuls sank, und seine Perüke zur Erde fiel. Der Gerichtsdiener spräng schnel herzu, sezte dem Herrn Oberrichter wieder die Perüke auf, und labte ihn in der Angst, weil er just nichts anders bei sich hatte, mit einem Fläschen Brantwein, das er ihm unter die Nase ein paarmal sties, damit, wie er hernach sagte, der Spiritus geschwinder hinauf steige.

Da sich Herr Schlendrian erholt hatte, so vertrat er als Vater die Sache seiner Tochter, und der Unterrichter nam seinen Plaz beim Rat ein; weil es nicht erlaubt sein sol, den Richter in eigener Sache zu spielen. Herr Schlendrian behauptete, sein

Schwie-

Schwiegersohn könne gar keine Ursache haben, die Ehescheidung zu fordern. Jungblut erzälte, daß seine Frau schon ein Kind von einem andern nach ihrem eigenen Geständnisse gehabt habe; und daß er also, da er hierin hintergangen worden, indem er ein ehrliches, tugendhaftes Mädchen, aber keine — — heuraten wolte, die Ehe für ungiltig ansehe. Der Unterrichter verschob die Sache auf den andern Tag, weil es schon Essenszeit sei, und er seine Frau nicht mit der Suppe auf ihn warten lassen dürfe, wolte er nicht derb ausgescholten sein.

Vier=

Vierzehntes Kapitel.

Worin der Prozes für Lotchen gün=
stig entschieden wird; und folglich
das vorhergehende Kapietel allen
iungen Schönen, die in Lotchens
Lage sich befindet, anempfolen wer=
den kan.

Man stellt sich Lotchens Erstaunen vor,
als sie von ihrem Vater hörte, daß Jung=
blut die Ehescheidung gefordert habe. Der
Man, der sie so heftig zu lieben vorgab;
der sich — ermordet hätte, wäre sie ihm
nicht noch zur rechter Zeit in Arm gefallen;
der selbst in dem Momente, wo sie ihm das
Geständnis ihres Stolperes tat, sie mit
bem

dem stärksten Feuer umarmte; den sie so
oft gehört hatte, den Fel armer Mädchen
verteidigen; der es Vorurteil schalt, so
ein Mädchen zu verachten, oder sie, weil
sie schon von einem andern Mutter ward, zu
verstoßen, dieser Mann wolte sich nun von
ihr trennen; sie dem Schimpf, der Schmach
einer Ehescheidung aussezen! Unmöglich,
dachte sie; mein Vater hatte, den Kopf
noch von dem gestern zu viel genossenen
Weine völ, nur so was geträumt. Sie
hofte jeden Augenblik ihren geliebten Jung=
blut in ihre Urme eilen zu sehen; aber sie
harte vergebens; und nun glaubte sie der
schreklichen Nachricht ihres Vaters, und be=
weinte die Unbeständigkeit eines Mannes,
auf dessen dauerhafte durch nichts zu erlö=
schende Liebe sie das Heil ihrer Seele ver=
pfändet hätte.

Gutes Lotchen, und überhaupt ihr mei=
ne schönen jungen Kinderchen: keine Liebe ist
schwankender, als die sich ermorden wil,
sie ist Raferei, und diese kan, nicht lange
anhalten. Traut auch nie dem Manne, der
sich euch vorurteilfrei malet. Ein anders
ist

ist, das Vorurteil mündlich oder schriftlich
verlachen ein anders durch seine Handlungen desselben spotten: das leztere werdet ihr
nie, oder doch fer selten finden. Drum
behaltet immer so gewisse Kleinigkeiten, wo-
ran sich das Vorurteil eines Mannes stossen könte, in Petto. Euch selbst könt ihr
so was schon gestehen; denn ihr habt zuver-
lässig in diesem Punkte kein Vorurteil.

Herr Schlendrian hatte nicht ermängelt,
seiner Tochter den Text recht scharf zu lesen,
daß sie ihrem Manne das Geständnis ihrer
vorigen Schwachheit getan hatte. Es ist
doch wahr, sagte er, ihr Weiber könt nicht
einmal eure eigene Schwachheiten verschwei-
gen. Izt haben wirs. Ich werde nun zu
fechten haben, bis ich dir den Mann erfech-
te. Dein Glük, daß der Buchstabe des Gesezes für euch Weiber so günstig ist; sonst
könt ich deinen Narrenstreich nicht so leicht
wieder gut machen.

Aber Papachen, sagte Lotchen, ich
sagte es ihm in einem Augenblike, wo ich
nicht glaubte, daß er einer Ueberlegung fä-
big

hig fei. Au^{ch} schwur er Truz dieses Geständ=
nisses, in meinen Armen. — Wie, was, fiel
Herr Schlendrian ein, in deinen Armen. —
Ja ja, Päpachen in meinen Armen, — O nun
ist gewonnen Spiel! Jezt spricht der Buch=
stabe des Gesezes doppelt für dich.

Um die gesezte Stunde verfügte sich
Herr Schlendrian in hohen Rat, wo auch
Jungblut erschien. Der Unterrichter lies
noch einmal die Sache vortragen, und dann
entschied er, daß, da Herr Jungblut vorher
keine Wissenschaft gehabt, daß seine Frau
von einem andern Mutter geworden, er
nach den Gesezen von Tropos von seinem
Weibe geschieden sei.

Herr Schlendrian nam izt das Wort,
und protestierte wieder das gefälte Urteil des
Unterrichters. Er sagte: §. 30 Hauptstük
III. heist es. „Das Ehehindernis wird hie=
„mit auch auf den Fall erweitert, da eine
„Weibsperson zur Zeit der eingegangenen
„Eheverbindung von einem dritten wirlich
„schwanger ist. u. s. w.‟ Hier ist, für Herr
Schlen=

Schlendrian fort, nach dem Buchstaben des
Gesezes fer deutlich, daß nur eine wirk=
liche Schwangerschaft vor der Ehever=
bindung ein Hinderniß ist; meine Tochter ist
aber Actu nicht wirklich schwanger; al=
so waltet auch kein Ehehinderniß ob. Herr
Jungblut wandte dagegen ein, daß, da seine
Frau vor der Eheverbindung von einem
andern Mutter ward, dieses eben so viel
sei, als wenn sie wirklich schwanger wäre.
Der Unterrichter war dieser Meinung auch.
Herr Schlendrian bewies ihnen, daß sie
den Buchstaben des Gesezes nicht verstünden.
Es ist nichts klarers, sagte er, als die Wor=
te: „Da eine Weibsperson zur Zeit der
eingegangenen Eheverbindung wirklich
schwanger ist.‟ Das Gesez sagt nicht, da
eine Weibsperson vor der Eheverbindung
schwanger war, sondern wirklich ist;
es tut auch keine Meldung, daß ein vor
der Ehe gehabtes Kind ein Ehehinderniß
sei; sondern sagt nur: da sie wirklich
schwanger ist. Nach diesem Buchstaben des
Gesezes also, fur Herr Schlendrian fort,
ist es ganz klar, daß das Kind meiner Toch=
ter, das sie vor der Eheverbindung hatte,
                                        kein

kein Ehehindernis sein kan, man wollte
nur den Worten des Gesezes einen andern
Verstand geben; dieses ist aber vermög §.
25. Hauptstük I. ausdrüklich verboten, indem es heißt. „Auch sonst Jederman, be-
„sonders Partheien bei Rechtsstreitigkeiten,
„und ihre Rechtsfreunde haben sich aller ge-
„künstelten Auslegung der Geseze, aller Aus-
„deutung, Erweiterung, oder Beschränkung
„derselben zu enthalten. u. s. w.‟ Nun
wär' aber dies eine künstliche Auslegung,
und Erweiterung des Gesezes, wenn man
unter den Worten des 30 §. Hauptstük III.
„Da eine Weibsperson zur Zeit der eingegangenen Eheverbindung w i r k l i c h schwanger ist,‟ so deuten wolte, daß auch ein
vor der Ehe gebornes Kind ein Ehehindernis sein solle. Der Unterrichter fülte, daß
Herr Schlendrian Recht habe; dieser aber
fur fort: allein, wenn auch der Buchstabe
des 30 §. Hauptstük III. wirklich wider meine
Tochter wäre, so könte die Klage ihres Mannes doch nicht Grund haben; den §. 32.
Hauptstük III. steht es klar: „Die Klage
„wider die geschlossene Ehe sol nicht weiter
„gehört werden, wenn der hintergangene

„Teil

„Teil nach entbektem Irtume seine Einwil=
„ligung entweder ausbruͤtlich, oder durch
„freiwillig fortgeſezte ehrliche Beiwonung
„erneuert hat. " Nun kan Herr Jungblut
nicht laͤugnen; daß er, da ihm meine Toch=
ter ſelbſt das Geſtaͤndnis gethan; ſelbſt ihn
aus dem Irtum geriſſen; ihr bennoch; da
er um alles wuſte; beigewont hat; er gab
also dadurch ſeine Einwilligung von neuem
zu erknenen.

Der Unterrichter fragte Herrn Jungblut:
ob es an dem waͤre; was Herr Schlendrian
eben geſagt habe. Jungblut belate es;
fuͤgte aber hinzu; daß ſie ihm in einem Mo=
mente das Geſtaͤndnis gethan habe; wo
er von gewiſſen Empfindungen zu ſehr be=
ſtrikt war, und alſo — Ja da iſt es um=
ſonſt fiel der Unterrichter ein. Sie koͤnnen;
bei ſo geſtalter Sache nicht geſchieden werden;
denn der Buchſtabe des Geſezes iſt hier wi=
ber ſie. Mit dieſer Entſcheidung muſte Jung=
blut zufrieden ſein;

Herr Schlendrian verfuͤgte ſich nach Hau=
ſe: Lottchen haͤtte ſeiner Ankunft mit Sehn=

G   ſucht

suht entgegen. ,, Wie i'sts Papa? rief sie. "
Alles gut, alles gut! sagte Herr Schlendrian. Dein Glük, daß du just in einem
Augenblik geplaudert hast, wo er nicht über-
legen konte, was er tat. Ja Papachen,
carum hab ich es just auch in diesem Augenblike gesagt. Ich hab's blaue Büchel ge-
lesen.

Herr Jungblut kerte mißmutig nach
Hause, und hatte fest beschlossen, Tropos
und sein Weib auf immer zu verlassen. Aber
Lotchen tat so schön mit ihm, daß er seinen Entschluß, noch diesen Tag zu verreisen,
vergaß, und auf Morgen aufschob. Er schlief
so gut, daß aus Morgen Ubermorgen, und
wieder Ubermorgen wurde, one daß er
reiste; und endlich gefiel es ihm so gut in
Tropos, daß er gar nicht ans Reisen dachte. Er tat sehr wol daran. Lotchen war
ein recht liebes Weibchen, gefällig und zärtlich, überdies ser schön, daß Jungblut
zulezt ihres Fels vergaß, und sich nun
vorstelte, er habe eine Wittwe geheiratet.

Ich

Ich brauch' es Ihnen wol nicht zu
sagen, schöne Kinderchen, welche Lere sie
aus dem vorhergehenden Kapitel sich abzie=
ziehen sollen.

Fünf=

Fünfzehntes Kapitel.

Es wird sich mancher Ehemann, wenn
er dieses Kapitel liest, an die Stirne fülen.

Herr Spott hatte schon seit zwei Jahren
mit seiner treuen Ehehälfte immer einige
Departen. Seine Frau war schön, jung,
munter, und — wie alte griesgrämige Onkel und Tanten sagten, — ausgelassen frei.
Wahr ist es; Frau Spottin war gerne in
Geselschaften, auf Promenaden, im Schauspielhause; sie puzte sich mit ungemeiner
Sorgfalt, und das gewis nicht ihrem Mann
zu gefällen; denn nie konte sie eine halbe
Stunde in seiner Geselschaft sein, ohne zu
gänen. Sie sah gerne junge hübsche Männer, schekerte und lachte mit ihnen. ließ
sich

sich gerne küssen, und küste eben so gerne
wieder; strich manchmal halbe und ganze
Tage in ihrer Geselschaft auf den Strassen,
und einsamen Promnaden herum; aber weiter hat kein Mensch was Arges von ihr
gesehen. Diese Lebensart gefiel dem Manne
nicht. Er zankte täglich mit seiner Frau,
aber es half nichts; sie lies ihn zanken, und
war lustig wie vorher. Der gute Mann
grämte sich halb zu Tode, und seine Frau
aus Mitleid trieb es noch ärger. Endlich,
um das Maas seiner peinigenden Eifersucht
vol zu machen, muste er verreisen. Diese
Notwendigkeit, verbunden mit dem Gedanken, daß nun seine Frau wärend seiner
Abwesenheit freies Feld zu ihren Ausschwei-
fungen haben würde, grif den armen Mann
so gewaltig an, daß er in eine tödliche
Krankheit verfiel, die ihn zwei Monate im
Bette hielt. Seine Frau wartete ihn auf
das sorgfältigste; und da er sich ein wenig
erholte, lies sie, um ihm die Zeit zu vertreiben, ihre Liebhaber zu ihr kommen, nnd
spielte an dessen Bette mit ihnen Karten.
Endlich hatte Herr Spott wieder so viel
Kräfte um auszugehen, und da die Reise
wichtig war, so machte er Anstalt dazu. Er
nam

nam mit Tränen von seinem Weibe Abschied,
und bat sie, ihrer und seiner Ehre zu scho-
nen. Sie versprachs ihm, und — hielt
es auch, wie sie ihm dies in allen ihrem
Briefen beteuerte.

Herr Spott war beinahe ein Jahr abwesend. Er kam zurük; eilte mit Sensucht
nach Hause, sein Weib das er truz aller
ihrer Ausschweifung doch zärtlich liebte, zu
umarmen. Da er eintrat, sah er, wie seine
Leute die Köpfe zusammen stekten, sich heimlich in die Ohren flüsterten, manchmal lachten; dann wieder bedaurend ausriefen:
„der arme Mann!" Herr Spott erschrak
darüber, und glaubte, sein Weib sei ge-
storben. Er floh die Treppe hinauf, und
da er an ihr Zimmer kam, quakerte ihm etwas entgegen, worüber er heftig erschrak,
mit der Hand an die Stirne fur und so
zur Türe hineinstürzte. Er sah seine Frau
im Bette, und eine Menge Leute um sie
herum stehen. Wie befindet sich mein Weib?
rief er ängstig. Recht gut, sagte ihm eine Frau. Sie hatte viel ausgestanden; aber
Gott lob, es ist nun vorbei, und ein gut
gestaltetes Knäblein hat ihre Schmerzen be-
lont.

lont." Wie, — wa — was? rief Herr Spott, meine Frau ein Kind? — Nů, ist denn das so was auserordentliches bei einem jungen Weibe, fragte die Hebamme? — Ich armer geschändeter Mann! schrie Herr Spott und eilte zur Türe hinaus.

Vier Wochen taumelte der arme Mann sinnenlos herum, und jammerte, daß sein Weib, das er so zärtlich geliebt, hatte, ihm seine Liebe seine Treue so schlecht belonte. Er war unschlüssig, was er tun solte; bis er endlich dem Andringen seiner Freunde nachgab, und sich von ihr scheiden zu lassen beschlos.

Seine Verwandten begleiteten ihn vor Gericht. Herr Spott brachte seine Klage vor, und bat um die Ehescheidung. Herr Schlendrian fragte ihn: Wie lange er von seiner Frau abwesend war? Elf Monate acht und zwanzig Tage. Ja antwortete Herr Schlendrian, da können sie wieder die ehlige Geburt ihres Kindes keine Zweifel erheben. . . . "Wie keine Zweifel erheben? sagte Herr Spott etwas aufgebracht. Ich habe drei Monate vor meiner Abreise ihr nicht beige-

wont,

wont, weil ich krank war; bin nun ein
ganzes Jahr abwesend, und das Kind sol
mein sein?" — Nach dem Buchstaben des
Gesezes, sagte Herr Schlendrian; denn §
2 Hauptstük IV heist es klar: "Aber auch
"der Mann, der wegen seiner langen Abwe=
"senheit dem wärend der Ehe gebornen Kind
"; ie ehlige Geburt streitig machen wil, ist
"mit seiner Beschwerde nicht anders zu hö=
"ren, als wenn er nicht nur seine Abwe=
"senheit ein ganzes Jahr vor der Ge=
"burt, sondern auch einen von der Mutter
"begangenen wirklichen Ehbruch landgerichts
"mässi darthut." Nun sind Sie, sur Herr
Schlendrian fort, kein ganzes Jahr, sondern
nur 11 Monate 28 Tage abwesend; sie
konnen also schon selbst der langen Abwesen=
heit wegen keine Zweifel wider die ehlige
Geburt des Kindes erheben.

Herr Spott wuste nicht, was er drar
auf sagen solte. Ein Neffe von ihm, ein
Mediziner, nam also statt seiner das Wort.
"Wenn auch mein Onkel, sagte er, nicht
ein volles Jahr abwesend war, so ist doch
die Zeit, wärend welcher er ihr nicht bei=
gewonet, mehr als hinlänglich, ihn zu be=
rech=

rechtigen, das Kind nicht für das seine zu
erkennen. Hipokrates, der Grosvater aller
Aerzte, sagt selbst in seinen Aforismen, daß
höchstens ins eilfte Monat eine Mutter ihr
Kind tragen könne; länger vermöge es die
Natur nicht, und dieser Fall sei äusserst,
äusserst selten. Nun ist mein Onkel schon
über eilf Monate abwesend, hat ihr drei
Monate vor seiner Abwesenheit nicht beige=
wont und das Kind sol nicht unehlig sein?
das ist, verzeihen Sie wol weiser Herr
Oberrichter, worüber wir Aerzte ein bischen
lachen müssen. Ich wette, die Archonten,
die das Gesez gemacht haben, waren keine
Arzneiverständige.

Ja, was Hipokrates! sagte Herr Schlen=
drian. Zu seiner Zeit mochten die Weiber
wol nicht länger als die gewönlichen neun
Monate gegangen sein; aber zu unsern Zei=
ten ist die Aufklärung höher gestiegen, und
man hat gefunden, daß ein Weib auch, nach
der Rechnung ihres Mannes versteht sich,
zwölf Monate gehen könne. Auch ist ja dieser
Fall nicht one Erfarung. Ludwigs XIII. Ge=
malin ging ja auch mit Ludwig XIV. ein Jahr;
und Se. Eminenz der Kardinal Richelieu be=

wiefen es nebſt den Leibärzten Seiner Majeſtät, daß die groſſe Betrübnis der köingl.
Gemalin über die Abweſenheit des Königs
das Kind nicht eher habe zur Welt kommen
laſſen. Und eine Eminenz muſte ſo was beſſer verſtehen, als Hipokrates.

Aber wenn ich auch wirklich dieſe ihre
Gründe gelten laſſen wolte, fur Herr Schlendrian fort, ſo iſt das doch nicht hinlänglich, ſo lange Herr E port ſeiner Frau nicht
einen wirklich begangenen Ehbruch landgerichtmäſſig dartut. „ Wie kan ich denn
das, ſagte Herr Spott? Ich war ja abweſend, und da kan ich ſie ja nicht ertapt haben; auch iſt es ſer hart einen Ehbruch landgerichtmäſſg darzutun. „ Ja
deswegen haben auch die Archonten dies wolweiſe Geſez gegeben, ſagte Herr Schlendrian.
Da Sie nun, fur er fort, kein volles
Jahr abweſend waren, auch den Ehbruch
nicht landgerichtmäſſig dartun können, ſo
fält nach dem Buſtaben des 2 § Hauptſtük IV aller Zweifel, den ſie wider die
ehlige Geburt des Kindes erheben, weg,
und ſie müſſen daſſlbe für ein ehlig gebornes anſehen, und erkennen. „ Mit dieſem
Aus-

Ausspruche müste Herr Spott zufrieden fein,
und sich's Tag und Nacht sauer werden las-
fen, um ein Kind, das ein anderer in sein
Haus eingeschwärzt hatte, zu ernären.

Als in Tropos die Sache kund ward,
rümpften die Männer gewaltig die Nasen.
Die ledigen verschwuren sich hoch und teuer,
nicht zu heiraten, weil nun die Weiber selbst
unter dem Schuze der Geseze, die Männer
mit einer Krone beehren können; und die
Verehligten wünschten, nie am Himens Altar
gefesselt worden zu sein. Einige Spötter
sagten: der Archont, der dieses Gesez verfaßt
habe, müsse gewis ein Freund von schönen
Weibern gewesen sein.

———————

Sech-

Sechzehntes Kapitel.

Herr Schlendrian wird in einen neuen
Familienprozeß verwikelt.

Herr Schlendrian hatte kaum den Prozeß
seiner Tochter gewonnen, als ihn sein Sohn
in einen neuen verwickelte, woraus er nicht
so leicht kam. Dieser hatte auf einer auswärtigen Universität studirt, und kam nach
drei daselbst zurückgelegten Jahren endlich
zur besonderen Freude seines Vaters nach
Hause. Aber kurz war das Vergnügen, das
Herr Schlendrian über die Ankunft seines
Sohnes empfand. Der junge Herr hatte
mehr die lächelnden Eteherischen Gefilde, als
die finstern Gänge Mineervens besucht. Er
hatte sein akademisches Leben, wie ein äch-
ter Pursche zugebracht; das heißt mit Spie-

len

len, Trinken, und noch andern Umfug. Das
Geld ward ihm stets zu wenig, ob er gleich
unter mancherlei Vorwand dem alten Herrn
jährlich zwei bis drei tausend Taler auszu=
loken wuste.

Das lezte Jahr, eh er die Universität
verlies, machte er mit der Tochter eines
Professors Bekantschaft. Das Mädchen
war jung und schön, sittsam wie eine
Nonne, und unschuldig wie eine Landmäd=
chen. Der junge Herr verliebte sich in sie;
aber er merkte bald, daß es bei ihr nicht
so geschwind vorwärts ging, wie bei an=
dern. Er strich ganze Tage bei ihrem Fen=
ster vorüber, brachte ihr Nachtmusiken,
schikte ihr Präsenter, es half alles nichts.
Endlich hörte er bei ihrem Vater Kollegia,
machte mit ihrem Bruder Bekantschaft,
und kam so ins Haus. Als der Sohn des
Herrn Schlendrian ward er sehr höflich auf=
genommen. Ulberhaupt sind die Professores
auswärtiger Universitäten höflicher mit den
Studenten, als die in Tropos, weil erstere
von dem zalreichen Zuspruche der Pursche
leben müssen. Der junge Herr Schlendrian
ward also recht gut aufgenommen, und da
er

100

er als der Sohn eines reichen, ansehnlichen
Mannes bekannt war, so hatte man nichts
einzuwenden, wenn er sich recht viel mit
der Junpfer Professorin unterhielt.

Das Mädchen, so sittsam und eingezo-
gen, so schüchtern und behutsam sie war,
fühlte doch bald, daß es ihr ganz besonders
war, und daß eine mächtige Veränderung
in ihrem Herzen vorgegangen sei. Es war
ihr zu verzeihen. Der junge Schlendrian
war gut gebildet, war reich, und wußte
auserordentlich schön und artig mit den
Mädchen zu thun. Mit jedem Tage schlich
er sich mer in ihr Herz, und nach einigen
jungfräulichen Ziererelen gestund sie ihm ihre Liebe. Siegwart war hier am Gipfel
seines Glükes, als er dies Geständnis von
seiner Mariane erhielt; aber Schlendrian
war kein Siegwart. Es gegnügte ihm lange
nicht, und er wolte, — der unartige
Mensch! — ich mag es ihnen gar nicht sagen, meine Schönen, was er wolte.

Seine gewönlichen Künste gingen bei
Larsen verloren. Jeder Sturm ward ritter-
lich abgeschlagen, und das gute Mädchen
all-

alzeit gewaltig über die Vermeſſenheit ihres
Liebhabers aufgebracht Aber — es iſt ihnen ſchon nicht gegeben, gute Kinderchen
lange, oder wirklich böſe über ſolche Anfäl-
le zu ſein; beſonders wenn der angreifende
Theil die Schuld auf ihre unwiderſtehliche
Reize ſchiebt. — Luiſe konte nie lange zür-
nen, und Herr Schlendrian war alzeit gewiß, Verzeihung zu erhälten. Allein, ſo
leicht Luiſe auch im Verzeihen war; ſo hartnäkig widerſtund ſie, und der junge Schlendrian ſah kein anders Mittel zum Ziele zu
kommen, als ihr die Ehe zu verſprechen.
Luiſchen — man ſage was man wolle, zu
vieles Kämpfen erhizt zulezt auch — weigerte ſich nicht lange, auf eine ſo gute Art
und unter ſo billigen Bedingungen ſich zu ergeben. Aber ſchriftlich muſte ſie das Verſprechen haben, und der junge Schlendrian
gab es ihr ſer gerne.

Das glükliche Paar taumelte einige
Zeit in den Wönnevergnügungen der Liebe,
herum, bis Luiſe durch ein gewiſſes etwas
daraus geweft wurde. Der junge Schlendrian erſchrak anfangs ein bischen darüber,
lies ſichs aber nicht merken, beurlaubte ſich
recht

recht zärtlich von ihr, ging nach Hauſe,
pakte alles zuſammrn, reiſte in der Stille ab,
und hinterlies das arme Mädchen nebſt ſechs
tauſend Taler Schulden in Wechſel. Biſt
du in Trepos, dachte er, dann ſchüzeu
dich die Geſeze deines Vaterlandes.

Luiſchen harte einige Tage vergebens
auf ihren geliebten Schlendrian. Er kam
nicht, und — lies nicht einmal nach ihr
durch ſeinen Bedienten forſchen. Am dritten Tage ſchickte ſie ihr Mädchen auf ſeine
Stube: Vielleicht iſt er krank, ſagte ſie,
und da wird es ihm Arznei, heilende Ar-
zenei ſein, was von mir zu hören. Das
Mädchen fragte, und hörte, er habe zuſa-
mengepakt, und ſei auf und davon, nachdem er ſeine Wechſel nicht bezalt. Aber,
weiterte der Philiſter hinter drein, ich
will das Pürſchen ſchon ertappen; es ſoll
mir alles bei einem roten Pfenninge bezalen. "Mit dieſer Hiobspoſt kerte das
Mädchen zu Luiſchen zurük, und erzälte treu-
lich, was ſie zum Lob des jungen Herrn
gehört hatte. Wer kan der Schrechen die
Glieger einer Requete nicht lämen, die an
der Seite ihres Korfbons durch einen plöz-
lichen

lichen Husten die eingesezten Zähne auf den
Schoos herausstößt, dieser sich darnach bükt,
und, aus seiner Liebestäuschung aufgewekt,
sie ihr mit spöttischem Lächeln überreicht, als
Luischen alle Senen losgestrikt dastund, da sie
hörte, Schlendrian habe G* auf immer verlas=
sen. „Das ist grausam! grausam!" war al=
les, was sie zu reden vermogte, bis ein
Tränenbach ihre Brust lüftete, und sie nun
in laute Klagen ausbrechen konte. Das
arme Mädchen! Der Mann, dem sie alles
aufopferte; dem sie die Erstlinge ihrer Liebe
zu pflüken erlaubte; der ihr bei allem was
heilig ist beteuerte, daß er das Band,
von Amorn geknüpft, durch Himen unauf=
löslich zusammen ziehen lassen wolle, dieser
Mann floh sie, floh sie zu einer Zeit, wo —
ein neuer Tränenbach entstürzte ihren Augen
und benezte die wild arbeitende Brust.

Luisens Schmerz war über allen Aus=
druk. Tausendmal im Begrif sich ein Leben,
das der, den sie über alles liebte, mit Schan=
de bedekt hatte, zu rauben, bebte sie immer
wieder vor dem blutigen Gedanken zurük,
wenn sie bedachte, daß von diesem Leben das
Dasein eines unschuldigen, noch unreifen

H   Ge=

Geſchöpfes abhinge. Dieſer immerwärende
Kampf, dieſer unſägliche Schmerz, den
ſie im Innern ihres Herzens verſchlos,
entkräftete ſie endlich ſo ſer, daß ſie in eine
tödliche Krankheit verfiel, die dieſe ſchöne
Blume in der Hälfte ihrer Blüte abzumä-
hen drote.

Keine Arznei=Mittel wolten angreifen.
Die Krankheit der Seele veranlaſte die Krankheit des Körpers; dies ſahen die Aerzte ein,
und beteuerten, ihre Kunſt würde ſo lange
vergebens ſein, als Luiſe nicht die Krankheit ihrer Seel' entweder ſelbſt heilen, oder
wenigſtens ihnen oder den Eltern anvertrau-
ett würde, um ſie heben zu können. Luiſe
blieb hartnäkig, verſchwieg den Kummer
ihrer Seele, und verſchlos ihren tödtenden
Gram tief in ihren Buſen. Vergebens baten die Aerzte, ihrer Eltern, ihre Freunde,
ſie ſchwieg, und welkte zuſehends immer
mer ab. Aber noch wars ihre Stunde
nicht, ſo ſer ſie auch wünſchte, daß ſie's
wäre. Luiſe fing an wanzureden, und im
Wanreden entquol ihrer Bruſt das Geheimnis. Die unglükichen Eltern! Wie tief
beugte ſie dies! Den Vater verlies ſeine

Weibs=

Weisheit; er rang die Hände, seufte tief,
und schrie: mein unglükliches, gefallenes
Kind! der Schmerz der Mutter war one
gleichen. — So viel endlosen Jammers
kam ein einziger leichtsinniger Augerblik, —
Mädchen, wie viele habt ihr deren — in die
glüklichste Familie bringen.

⁂

Luisens Stunde war noch nicht gekom=
men. Die Krankheit, die der Maschine die
Zerstörung brote, ward schwächer, und im=
mer schwächer, und verlor sich zu lezt ganz:
Entkräftung, und Todtenbläße waren die
einzigen hinterbliebenen Spuren von ihr;
und auch diese verschwanden. Luise verlis
nach zween Mohaten völlig erholet, das Bet=
te. Izt wolten die Eltern Gewisheit von
dem haben, was sie im Wanreden ihrer
Tochter gehört hatten: noch hoften sie, es
könne nicht so sein. Luise gestund dem Vater
nichts, der Mutter alles. Sie zeigte ihr
die schriftliche Versicherung des, der sie so
schändlich verlassen hatte, und schwur ihr
auf das heiligste, daß sie nur unter dieser
Bedingung schwach war. Die vernünftge
Mutter tröstete ihre unglükliche Tochter, und
eilte, ihrem Manne das Geheimnis zu ent=

H 2   de=

deſen. Ihr Schmerz wandelte sich in Freu‐
de um; Louiſens Schande konte getilgt
werden.

Nach dem Geſeze von G*** muſte ein
Mann, der ein Mädchen unter dem Ver‐
ſprechen der Ehe ſchwächte, die Geſchwäch‐
te ehligen, wenn er voljährig war. Zu G***
glaubte man, daß der Menſch mit drei und
zwanzig Jahren ſeinen vollen Verſtand ha‐
ben könne; und war überzeugt, wer in
dieſem Alter nicht ſchon voljährig ſei, der
würde es nie werden. Schlendrian hatte
drei und zwanzig Jahre zurückgelegt, als er
Luiſen die ſchriftliche Verſicherung gab, und
auch ſeinen Gläubigern die Wechſel auf ſechs
tauſend Taler ausſtelte. Mit dieſen vereinigte
Luiſens Vater ſeine Klage, und trug einem
ſeiner guten Freunde in Tropos auf, den
jungen Schlendrian gerichtlich zu belangen.

Der junge Schlendrian war kaum ächt
Tage in Tropos; (denn ſo lange das Geld
währte, ſo wärmte er in den Ländern herum,)
als dieſer ihn im Namen ſeines Freundes,
des Profeſſors von G***, und der Gläubi‐
ger verklagte. Der junge Schlendrian
                   lach‐

lachte, indem er ſich auf die Geſeze ſeines Landes verlies, vermög welchen kein
Eh verſprechen bindet, und die den Einwonern erſt im vier und zwanzigſten Jahre
erlauben, vernünftig zu ſein. Herr Schlentrian berief ſich auf den zweiten § des dritten Hauptſtüks, vermög welchen eine nach
vorhergeangenem Eheverſprechen geſchehene
Schwächung keine Verbindlichkeit zur Ehe
ſei. Dem Buchſtaben dieſes Geſezes zufolge, ſagte Herr Schlentrian, iſt mein Sohn
alſo nicht verbunden, das von ihm ge-
ſchwächte Mädchen zu ehligen. Alles, wozu
er nach dem Buchſtaben unſrer Geſeze angehalten werden kan, iſt, das Kind zu erhalten. Was die Wechſel betrift, ſo könne
kein Minderjähriger gültige Wechſel ausſtel-
len: In Tropos werde man mit vier und
zwanzig Jahren volljährig; ſein Sohn ſei
aber erſt drei und zwanzig Jahre zehn Monate alt; alſo. Anders fur Herr Schlentrian fort, könne man gegen ſeinen Sohn
nicht verfaren; weil § 4 Hauptſtük I aus-
drüflich ſtehe: „Auch diejenigen, die ſich
„auſſer den Grenzen dieſer Staaten befin-
„den, ſind ſchuldig, ſich nach den inländiſchen

„Gesezen zu richten, wenn sie in diesen
„ Ländern Recht suchen, oder nemen. "

Diese gründliche Verteidigung des Herrn
Schlendrian fand der ganze wolweise Rat
dem Buchstaben des Gesezes angemessen, und
Kläzer wurde abgewisen. Dieser aber war
damit nicht zufrieden. Er appelirte an die
Oberste Versammlung der Archonten, und
berief sich auf den fünften § des I Haupt=
stükes. Die Archonten erwogen den Fall,
und fanden, daß nach dem Buchstaben des
Gesezes die Forderung des Klägers billig
sei, und schikten folgende Resolution an das
Obergericht nach Tropos. „ Wieder eine
„Verwirrung aus der Gerichtsstube von Tro=
„pos! Wir werden uns künftig gezwungen
„sehen, die kleinsten Rechtshändel selbst zu
„entscheiden. Wenn dem Rate die neuen
„Geseze unbekant sind, so hätte selber durch
„den Gerichtsschreiber den fünften § des I
„Hauptstükes aufschlagen und sich vorlesen
„lassen sollen, wo ser deutlich die Worte ste=
„hen: " Wenn hingegen Untertanen dieser
„Staaten in fremden Gebiete sich aufhalten,
„haben die nach den dortigen Gesezen ge=
„schlossenen Verträge oder Handlungen auch
„ in

„in diesen Ländern eine rechtliche Wirkung,
„in so ferne dieselben nur eine persönliche
„Verbindlichkeit oder bewegliche Sachen
„betreffen u. s. w. „wenn nun dem Rate diese
„Worte wären vorgelesen worden, so hätte
„er nachforschen sollen, ob ein Eheverspre=
„chen eine persönliche Verbindlichkeit sei,
„oder nicht? ob ausgestelte Wechsel beweg=
„liche oder unbewegliche Sachen betreffen? der
„Rat hätte dann gefunden, daß ein Ehver=
„sprechen blos persönlich sei, und daß Wech=
„sel bewegliche Sachen betreffen ; hätte er
„das gefunden, so wär es seine Schuldig=
„keit gewesen, sich zu unterrichten, auf wel=
„che Art zu G*** Eheversprechen gültig sind,
„und in welchen Jahren man dort voljärig
„wird? Verbindet zu G*** eine Schwächung
„nach vorhergegangenem Ehversprechen zur
„Ehe, ist man im drei und zwanzigsten Jahre
„voljärig, so ist nach dem Buchstaben des
„fünften § Hauptstük I der junge Schlen=
„drian schuldig, das von ihm geschwächte
„Mädchen zu ehligen, und die ausgestelten
„Wechsel zu bezalen. Wir hoffen, dem
„Rate nun deutlich angegeben zu haben, wie
„er den Fal entscheiden sol; kan er sich
„aber noch nicht darein finden, so wollen wir

„selbst

„ſelbſt nach Tropos kommen, und die Un-
„terſuchung dieſes Prozeſſes übernemen;
„onehin geſchieht nichts, was wir nicht
„ſelbſt tun, Unterſchrieben. — Die Ar-
„chonten.“

Dieſe Pille behagte dem Rate zu Tropos nicht allzu gut; er muſte ſie aber ver-
ſchluken. Der junge Schlendrian ward nun
dazu verurteilt, ſeine Wechſel zu bezalen, obgleich der alte Herr Schlendrian behauptete,
daß der Buchſtabe des fünften § dem Buchſtaben des vierten § im I Hauptſtüke wieder-
ſpreche.

_____

Sie-

Siebenzehntes Kapitel.

Herr Schlendrian reist mit seinem Sohne nach G*** und seine Frau ist äusserst über seine Abwesenheit betrübt.

Da kein anders Mittel war, als sich nach dem Buchstaben des Gesezes zu fügen, so beschloß Herr Schlendrian selbst nach G*** mit seinem Sohne zu reisen, um dort alles in Ordnung zu bringen. Es geschah nicht one Schmerz, daß er sich von seiner lieben Gattin trente, die ihrer seits auch ganz trostlos war; und wir werden hören, wie ser sie sich die Abwesenheit ihres Mannes zu Herzen nam.

Die

Die Reise ging so glüklich als möglich vor sich. Keine widrige Zufälle stiesen dem alten Herrn zu, und er gelangte mit seinem Sohne ganz gesund zu G*** an. Kaum waren beide im Gasthofe abgestiegen, als sie sich zu Luisens Vater verfügten; denn der alte Herr brante vor Neugierde, das Mäbchen zu sehen, das seinen Sohn zu einer solchen Torheit, als das Ehversprechen ist, verleiten konte. Die unerwartete Ankunft des alten und jungen Schlendrians versezte das ganze Haus in Freude, besonders das gute Luischen, das vor übermässigem Wonnegeful beinahe onmächtig geworden wäre. Der junge Schlendrian, der ongeachtet seines Leichtsinnes für Luisen wirklich Liebe fülte, drükte sie mit allen Zeichen der Zärtlichkeit innig an seine Brust, indem er sie zugleich mit den rürendesten Worten vielmal um Verzeihung bat, sie so schändlich verlassen zu haben. Luise, zufrieden den, den sie so innig liebte, nun wieder zu haben, vergaß gerne aller ihrer Leiden, und war nun von dem einzigen freudigen Gedanken, daß ihre Schande durch die Verbindung mit ihrem Geliebten getilgt werde, erfüllet. Auch die Alten freuten sich in dem Glüke ihrer Kinder;

der; der junge Schlendrian empfand wirk=
lich, daß Luisens Liebe gegen ihn unbeschreib=
lich sei, daß es Undank wäre, sie nicht wie=
der zu lieben, und daß sie mit ihrem Her=
zen ihrem Verstande, ihren körperlichen Rei=
zen, wirklich zu seinem glüklichen Leben
vieles beitragen könne, und dieses Gefül
ward bei ihm stärker, als sein Leichtsin; er
liebte sie wirklich, und seine Liebe erhilt
durch den Gedanken, daß er nun bald durch
sie Vater werden würde, einen neuen Grad
von Stärke.

Luise sah täglich ihrer Entbindung ent=
gegen, und dieses zwang den alten Herrn.
Schlendrian und seinen Sohn die Reise so
lange zu verschieben, bis Mutter und Kind
in Stand sein würden, one Gefar sich
auf den Weg zu begeben. Indessen brachte
der alte Herr Schlendrian alles mit den
Gläubigern seines Sohnes in Richtigkeit,
und wünschte nun, bald wieder nach Hause
keren zu können.

Endlich nahete sich der von Luisen so
ser gewünschte und zugleich gefürchtete Au=
genblik heran. Der junge Schlendrian kam nicht
von

von ihrer Seite; und seine zärtliche Sorgfalt für sie, seine ängstliche Furcht bei der
ihr drohenden Gefar linderte die Heftig-
keit ihrer Schmerzen, und ein schöner gesun-
der Knabe belonte ihre Leiden mit seinem
ersten, freundlichen Lächeln. Der junge
Schlendrian empfand sich durch das neue
Gefül, das ihn bei dem Anblike dieses unschuldigen Geschöpfes durchströmte, ganz
umgeschaffen. Sein Leichtsin umwandelte sich
in männlichen Ernst; seine Liebe zu Luisen
erhielt eine ganz andre Quelle; sie flos nicht
mer so ganz aus dem Sinlichen; sie war
eine Mischung der Seele mit dem Körper; sie ward, was die Liebe sein muß,
wenn sie uns warhaft glüklich machen sol.
Der alte Herr Schlendrian verjüngerte sich
bei dem Anblike seines Enkels, und ein
Seufzer, daß er von seiner zwoten Gattin
noch nicht Vater geworden, entfur wider
Willen seiner Brust. Luisens Eltern; — doch
was bemühen wir uns, die Szene des
häuslichen Glükes zu malen, für das unsere Generazion kein, oder nur wenig Gefül noch hat, und die folgende Generazion
zuversichtlich aus Ursachen, die nur den

A 2

Archonten bekant sein können, seines haben
wird.

Luise erholte sich bald, und fülte sich
nach zween Monaten stark genug, mit dem
teuren Säugling an ihrer Brust in Geselschaft ihres Mannes und Schwiegervaters
die Reise nach Tropos anzutreten. Schon
war alles dazu gerichtet, schon hatte Luise
von ihren Eltern unter tausend Tränen sich
beurlaubt und von diesen den Segen empfangen, als der alte Herr Schlendrian
tödtlich krank ward, und nur durch die
fleißigste Wartung seiner Schwiegertochter
nach einigen Monaten hergestelt wurde. Luise
kam während seiner Krankheit nicht von
seinem Bette. Mit ihren Händen reichte sie
ihm die Arzneien, hielt den sinkenden Kopf,
wenn er etwas Narung zu sich nam, kül-
te ihn, wenn er in Hize lag; mit keinem
Worte, sie tat alles, was eine zärtliche
Tochter für ihren geliebten Vater tun kan.

Herr Schlendrian erholte sich nun wieder. Gewan Luise durch ihre gute Seele
gleich anfangs seine Liebe, so hatte sie nun
durch ihre sorgfältige Pflege, mit der sie
ihn

ihn während seiner Krankheit wartete, sei=
ne ganze Zärtlichkeit erhalten. Warlich, "
sagte er einst zu ihrem Vater, " warlich,
es wär Schade, und unverantwortliches
Unrecht gewesen, wenn eine so liebe, gute,
sanfte Seele, geschaffen zur Freude und
Glükseligkeit, ihre Tage in Schande, und
im stärksten Gefüle ihres Unglüks hätte
verweinen sollen. Gutes Luischen, fur 'er
fort, wie glüklich bist du, nicht in Tropos
diese Welt erblikt zu haben. Unsere Geseze
hätten dich da auf immer elend gemacht.
Warlich, die Alten hatten doch so Unrecht
nicht, daß sie das Eheversprechen zur Ver=
bindlichkeit zu ehligen machten. Freilich
hat manches Mädchen sich dieser List be=
dient, einen Mann zu haschen; aber was
ist die Mädchen vorsichtiger macht, das
tat es eh bei den Männern; was eh den Mäd=
chen weniger Zwang anlegte, tut es nun den
Männern, und ich weis nicht, welches Ge=
schlecht mehr Zwang bedarf. Wie manches
Mädchen, unerfaren mit ten listigen Ränken
ter gewissenlosen Verfürer, die, unterstützt
von den Gesezen, nichts als den Unterhalt
des Kindes zu fürchten haben, itzt noch aus=
gelassener sind, wird ein Raub der Begier=

ben dieser Wollüstlinge, und erfült ihre Fa=
mille mit Schande, wird durch einen ein=
zigen Augenblik, wo die Sinne die Vernunft
übertäubten, unglüklich." Luisens Vater
gab dem Herrn Schlendrian in allem Recht,
und sezte hinzu: Wie hart ist es, neue
Geseze zu machen: wie vieles Nachden=
ken, wie viele Erfarung braucht man,
um sich nicht von blendenden Sofi=
stereien verfüren zu lassen, und das
minder bilige dem biligeren vorzuzie=
hen.

Als Herr Schlendrian völlig hergestelt
war, und seine Kräfte gänzlich gesammelt
hatte, eilte er nun nach Hause. Die Tren=
nung war hart. Luisens Eltern konten sich
von so teuern Personen mit Mühe losreis=
sen, und es flossen viele Tränen von beiden
Seiten, bis man sich an die Entfernung ei=
nigermaffen gewönte.

———————————

Acht=

Achtzehntes Kapitel.

Welche unvermutete Freude Herrn
Schlendrian zu Hause erwartet.

Das Glük war unsern Reisenden so gün=
stig, als sie es nur wünschen konten. Die
Witterung war die angenemste, und die
schöne Gegenden, welche sie bereisten, die ma=
nigfaltigen prächtigen Städte hatten für Lui=
sen so vielen Zauber, daß sie ganz zu einem
neuen Leben erwekt war. Endlich blinkten ih=
nen die prächtigen, majestätischen Turmen=
spizen von Tropos entgegen. Der alte Herr
Schlendrian fülte ganz was besonders; das
Herz schlug ihm Gewaltig im Busen, und
es war ihm bald ängstlich, bald empfand
er Schauder, da er die sich stolz in die Wol=
ken emporhebende Stadt erblikte. Je nä=
her

der sie kamen, je stärker war seine Sehn-
sucht, sich bald in die Arme seines geliebten
Weibes zu werfen; und nun, nachdem er
beinahe ein Jahr abwesend war, kamen sie
vor seinem Hause an. Herr Schlendrian
flog die Treppe hinauf, um nur bald seine
teuerste Hälfte an sein Herz drüken zu können, und der arme Mann! — ums Him-
melswillen, ist das junge Weibchen gestor-
ben? — sie war eben vor einer Stunde
niedergekommen, und izt durfte sich niemand
sprechen.

Der alte Herr ging nach seinem Zimmer
in einem Zustande, der sich nicht recht be-
schreiben läßt, und den nur diejenigen Männer am besten fülen können, die unvermu-
tet Vater geworden. Einige seiner Freunde
befanden sich daselbst worunter auch Herr
Spott war. Alle empfingen ihn mit Lachen,
wünschten ihm zur Krone Glük, und spot-
teten seiner.

Ich will geschwind nachsehen, sagte Herr
Schlendrian, da er sich ein wenig erholt
hatte, ob es mein Kind ist. Er schlug die
Geseze auf, und las: „ als wenn er nicht
nur seine Abwesenheit ein ganzes Jahr vor

J   der

der Geburt. " Haſtig nam er nun ſeinen
Kalender, und las Anno den 17 May Nach-
mittags um 1 Uhr bin ich abgereiſet, und
heute haben wir wider den 17. May, die
Gloke iſt — 10 Uhr." — Meine Herren,
ſagte er, das Kind iſt nach dem Buchſtaben
des Geſezes mein. Sehen ſie, es mangeln
noch drei Stunden zum ganzen Jahre. Ich
darf alſo nicht einmal an der eheligen Geburt dieſes Kindes zweifeln." Wenn Sie
aber eine Stunde über ein Jahr abweſend
geweſen wären? fragten alle lachend." Dann,
erwiederte Herr Schlendrian ganz ernſthaft,
wär es mir nach dem Buchſtaben des Geſezes einigermaſſen erlaubt, ein klein wenig
zu zweifeln, ob es auch wirklich mein Kind
ſei?

Dies bewog die Geſellſchaft noch mer zum
lachen. Seine Freunde wolten ihm beweiſen,
daß es nicht möglich ſei, daß ein Weib von
der Stunde ihrer Empfängniß zwölf Monate mit der Frucht gehen könne; aber Herr
Schlendrian antwortete ihnen aufgebracht:
Ich muß das beſſer wiſſen als Sie, wie die
Geſeze zu verſtehen ſind. Nach dem Buchſtaben

gaben derſelben iſt es möglich, alſo muß es
auch möglich ſein. Es iſt doch über die
Weiſe, daß die Leute einem die Kinder,
welche wie die Geſeze ſer deutlich ſagen,
unſer ſind, ſtreitig machen wollen.

Herr Schlendrian, der nach dem Buchſtaben des Geſezes deutlich überzeugt war,
daß das Kind ſein ſei, freute ſich nun
herzlich darüber, daß ſein Wunſch, von
dem geliebten Weibe ein Pfand ſeine Liebe zu haben, erfült worden. Er glaubte
ſich um zwanzig Jahre jünger, und wir haben nie gehört, daß ſein Weib ihm dieſen
Glauben benam,

Neuti

Neunzehntes Kapitel.

Neue Streitigkeiten in Tropos, die zu vielen Verwirrungen Anlas geben.

Einer der anfenlichsten Einwoner in Tropos, Herr von Ahnenblut, hatte vierzigtausend Taler jährlicher Einkünfte. Er war ein Mann von sechs und dreissig Jahren, schön gebildet, von einem liebvollen Herzen, und woltätigem Karakter. Seit sieben Jahren mit einem ansehnlichen reichen Fräulein von Tropos vermälet, lebte er mit seinem Weibe äuserst frieblich und gut, und hatte in dieser glüklichen Ehe schon drei Kinder gezeugt. Der Prozesteufel von Tropos, neidisch auf das Glük dieser Eheleute, beschlos zu stören, und man sehe, wie er es tat.

He

Herr von Ahnenblnt lebte als ein Jüngling von achtzehn Jahren auf dem Landgute
eines seiner Verwandten. Der Verwalter
des benachbarte Gutes hatte eine Tochter,
ein Mädchen von sechzehn Jahren. Nie ging
ein schöneres weibliches Geschöpf aus den
Händen der Natur hervor, als Linchen. Mit
den vollkommensten Reizen des Körpers
vereinigte sie die edelste Seele, einen muntern
Wiz, und einen ausgebildeten Verstand.
Linchen ganz auf dem Lande erzogen, hatte
alle Unschuld desselben, one zugleich das
Rauhe zu haben. Sie glich an Sitten einer arkadischen Schäferin; an der Feinheit
des Betragens, und im Umgange einer Dame. Linchens größtes Vergnügen war, wenn
sie ihre häuslichen Arbeiten geendet hatte,
entweder mit einem Buche, oder ihrer Knit-
arbeit in das anmutige Wäldchen, das an
den Schlosgarten sties, zu lustwandeln.
Da irte sie manche Stunde herum; sezte
sich bald auf den Blok eines abgehauene
Baumes, bald auf einen mit Moos bedek-
ten Hügel; hüpfte bald wieder einige hundert Schritte weiter, warf sie dann an dem
Ufer eines Kristalbaches hin; lauschte auf
dessen sanftes Gemurmel; horchte dem Ge-
san=

sange der Vögel; knittete, oder las mir
unter; pflükte Blümchen für ihr kleineres Ge-
schwister, und kerte voller Seligkeit nach
dem väterlichen Hause zu ük.

Ahnenbluts Onkel und sein Nachbar leb-
ten in gutem Vernemen; und da leztrer
kein Freund der Jagd war, so erlaubte er
dem alten Herrn von Ahnenblut auch auf
seinem Gebiete zu jagen. Der iunge Ahnenblut muste seinen Onkel stets begleiten; und
da war es, wo er einst Linchen, die von
dem vielen Lustwandeln ermüdet unter einem
Baume eingeschlafen war, antraf. Bei dem
Anblike dieser schlafenden Grazie blieb der
Jüngling wie bezaubernd stehen. Alle seine
Sinnen wären enstrikt, und seine Augen
staar auf den reizenden Gegenstand gerichtet, der ihn an dem Boden gefesselt hielt.
Der alte Ahnenblut schoß einen Schnepfen.
Von dem mörderischen Knalle aufgewekt
richtete sich das reizende Geschöpf erschroken
in die Höhe, und sah den Herrn von Ahnenblut, nebst seinen Neffen. Den Alten
hatte sie schon oft gesehen; noch nie den
Jüngling. Der alte Ahnenblut, den es
außerordentlich freute, wenn er traf, rief:
„Iunge, ein Schnepf, ein Schnepf fiel!" da
aber

aber fein Neffe nicht antwortete, fah er
fich um, und erblikte, wie diefer one Fe=
wegungskraft daftund. ,, Nu, was gaft
der dumme Junge da, fchrie er, da er zu=
gleich Linchen gewarte.'' Wir wollen wei=
ter!,, Mit diefen Wo ten nam er ihn bei der
Hand, und riß ihn mit fich fort. Der
junge Ahnenblut warf einen Blik auf das
Mädchen zurük, und folgte gezwungen fe=
nem Onkel.

Linchen, ob es gleich noch nicht ihre
gewöhnliche Stunde war wo fie zurükzukeren
pflegte, nam ihr Buch und ging nach Hau=
fe. Sonft hüpfte fie fingend den Weg zu=
rük; nun aber zog fie fich langfam fort;
lies ihren Kopf auf den Bu'en herabfinken,
und hörte nicht den Gefang der Vögel, die
fich, wie es ihr fonft immer fchien, von ihr
beurlauben. Auch der junge Ahnenblut
war nachdenkend zerftreuet; aß Abends
nichts, wünfchte die Nacht vorüber, one
eigentlich zu wiffen warum; fchlief gar nicht,
oder wenn er einfchlummerte, fer unruhig,
und war mit anbrechendem Tage fchon aus
dem Bette und angezogen. Nie verlangte
es ihn fonft auf die Jagt zu gehen: Immer
folgte er feinem Onkel gezwungen, aber an

die=

diesem Morgen war er kaum in seinen Kleidern, als er die Flinte nam, und dem
Wäldchen zuging. Zu schießen war seine
Absicht gewis nicht. Seine Flinte blieb
hangen; er wandelte in Gedanken fort, one
zu wissen, wohin, und kam, one daß er
wuste wie? an den nemlichen Ort, wo er
gestern Linchen zum erstenmale sah. Hier
warf er sich auf Moos, und blieb von
mancherlei Gedanken und Empfindungen, die
seine Seele durchkreuzten, in einen Taumel
eingewigt sizen, bis ihn ein lauter Schrei
daraus wekte.

Linchen war so wie sie nach Hause
kam, ganz niedergeschlagen. Es war ihr
so bang, so ängstlich: ihr Herz pochte so
gewaltig; ihr Busen hob sich so unruhig;
die Tränen kamen ihr manchmal in die Augen; überal wo sie war, mangelte ihr
was; ihr Flüg war verstimmt — wenigstens däuchte es ihr so — mit einem Worte, es war ihr nicht wie sonst. Eher als
gewönlich eilte sie zu Bette; aber sie fand
den Schlaf aus ihrer Kammer geflohen.
Unruhig warf sie sich im Bette herum; stund
auf, trat ans Fenster, sah auf die vom
Monde versilberten Fluren, hob ihren blik

zu

zu dem gestirnten Himmel empor, weinte,
glaubte sich nun ruhiger, legte sich wieder
zu Bette, hofte zu schlafen, schlief aber eben
so wenig als zuvor. Kaum streute Aurora
mit ihren Goldfärbigen Fingern Rosen auf
ihre Betdeke, als sie sich in ihre Kleider
warf, ein Buch nam, und durch den Garten in das Wäldchen ging. Sie wolte an
die Stelberquelle, die aus einem ausgeholten
Baum Armdik entquol, sich über einige Fel-
senstüke mit wildem Geräusche herabstürzte,
und dann zwischen Blumen über weissen Sand
sanft murmelnd flos, und in mannigfältigen
Krümmungen unter Blumen sich verlor, wandeln, aber sie kam an den gestrigen Orte; wolte
unkeren, da sie es gewarte, schlug die Augen
auf, sah den Jüngling, und ein lauter
Schrei entfur ihr.

Ahnenblut warb aus seinem Tiefsin gewekt. Er sah in die Höhe, erblikte Linchen, strekte unwilkürlich die Hände nach ihr
aus, und Linchen reichte ihm eben so unwilkürlich die ihrige. Sie sank an seine Seite
auf das Moos, und so saßen beide Hand
in Hand eine Stunde, one ein Wort zu
reden. So stum ihr Mund auch war, um

so gesprächiger waren ihre Blike; diese sagten sich einander mer, und mit ſtärkerem
Ausdruke, als Worte je sagen konnen. Endlich lies auch das heftige Geful, das ſie ihrer bei dieſer Zusammenkunft bemächtiget
hatte, nach; das Band ihrer Zunge löſte
ſich auf, und ſie schwäzen ſich einander tauſend Dinge vor, die nur den Verliebten gefallen, andern aber ein Gönen verursachen,
und darum wollen wir alle ihre Dialogen
übergehen. —

Von dieſer Stunde ſahen Ahnenblut und
Linchen ſich täglich um diese Zeit, und niemand erfur was von dem heimlichen Zu-
ſammenkünften der beiden Liebenden.

An einem Morgen eilte Linchen um
die gewöhnliche Stunde an den ihr durch die
öftern Zusammenfünfte mit ihrem Geliebten
geheiligten Ort. Ein grünes weiſſes Mor-
gengewand mit roten Schleifen umflos den
ſchönen Körper, und der wallende Buſen
drang mit Gewalt durch das florene Hals-
tuch hervor. So gieng ſie mit aufgelöſtem
Haare, das in Loken um ihren Naken und
halb-

halbbedekten Busen flatterte ins Wäldchen.
Ein heimlicher Schauder überfiel sie, als
Sie aus dem Zimmer trat. Eine noch nie
gefülte Angst beklemmte ihre Brust; es
scheint eine unsichtbare Hand sie mit Gewalt
zurükt zu halten. Wirklich kerte sie auch in
ihr Zimmer zurük, warf sich auf ihren So-
fa; Trenen entstürzten ihren Augen, Sie
weinte laut: Endlich dachte sie; er wird
deiner warten, und giug, obgleich ihr etwas zuzurufen schien, nicht zu gehen, doch
fort. — — Ach Linchen, Linchen! Es
war dein Schuzgeist! Hättest du seinem
gütigen Zurufe gehorchet!

Ahnenblut wartete schon eine Stunde auf
ihre Ankunft: gemartert von tausend peinigenden Zweifeln, warum Linchen nicht kom-
me; ob sie krank, ob — Todeskälte durch-
schauerte ihn, — sie ihn nicht mer liebe?
Sie kam, und plözliche Freude belebte ihn.
Er schloß sie feurig in seine Arme, und tausend heiß Küsse drükten ihr seine Liebe aus.
Der Morgen war schwül; schwüler das
Blut, das in beider Adern floß. Jedesmals,
wann sie sich sahen, entstunden neue ihnen
unbekante Wünsche, und, ach! an diesen
Mor-

Morgen lerte die Natur sie die Art, ihre
Wünsche zu befriedigen. — — Linchens
mächtiger Schuzgeist, rette, ach rette die
Unschuldige, die in diesem Momente, in diesem Taumel, in diesem Aufrur ihrer Sinne
die Gefar nicht ahnet, die ihr drohet. Zür-
ne nicht, gütiger Geist! wende deine mächtige Hand nicht von ihr! — Umsonst, sie
verachtete deine Warnungen — du rettest
sie nicht! — —

Sie erwachten. Errötend schlugen beide die Augen nieder, trauten sich nicht einander anzusehen; sprachen kein Wort, und
mit vor Scham und Liebe glühenden Wangen
verließen sie sich. Von diesem unglüflichen
Augenblike an tobte eine gewaltige Unruhe
in Linchens Busen. Jede Freude war ihr
erstorben; wüst die Gegend umher; öde und
tod die ganze Natur. Zu bald erkante sie
die Ursache ihrer bangen Traurigkeit.
Unverkennbare Spuren ihres Unglüks, und
eines Zustandes, der von der Welt mit
Schande belegt ist, äuserten sich, und stürz-
ten die Unglüfliche in eine tödtende Melan-
cholie. Ahnenblut teilte Linchens Schmerz;

er klagte ſich als die Urſache deſſelben an;
ſah aber kein Mittel denſelben zu lindern.
Linchens Vater erfur bald das Unglük ſei=
ner Tochter. Der Schmerz zerriß ſein In=
nerſtes, er fülte mit ſeinem armen Kinde
ihr Elend; aber er zörnte weder auf ſie,
noch auf den iungen Ahnenblut: Er war
vernünftig; wuſte wie leicht die Jugend ſol=
che Fehltritte begehen könne, und vergal
beiden. Warum denkt die Welt im Ganzen
nicht ſo?

Linchen ward von einem Sohne ent=
bunden, und Ahnenblut warf einen järli=
chen Gehalt zu ſeinem Unterhalt aus. Das
Kind wurde zu einem redlichen Bauern in
die Koſt gegeben, der ein Freund des Ver=
walters war, allein um Linchens Unglük
wuſte, und bei dem dies unglükliche Mäd=
chen niederkam. Die ganze Gegend wuſt
nichts. Linchen hatte eine Reiſe vorgegeben,
und da ſie ſtets ein gutes ſitſames Mäd=
chen, auch von allen geliebt war, ſo arg
wönte niemand die Urſache ihrer Entfer=
nung und alles blieb verſchwiegen. Linchen
meidete nun die Gegenwart des iungen
Ahnen=

Ahnenbluts, und heuratete in einem Jahr einen rechtschaffenen Mann.

Ahnenblut verlies seinen Onkel, ging auf Reisen, und verehligte sich, da er zurük kam, mit einem schönen reichen Fräulein. Glüklich lebte er mit ihr, bis ein unglüklicher Zufall seine Ruhe, sein ganzes Glük auf immer störte. Die Frau bei welcher Ahnenbluts unehliger Sohn erzogen wurde, hatte eine auserordentliche Liebe zu diesem Kinde gefaßt. Der Knabe äuserte in seinem ganzen Betragen etwas, das seine Geburt verriet. Unwissend aber, wessen Sohn er sei, schikte er sich in den Stand, worin er erzogen war, und lebte glüklich. Schon war er achtzehn Jahre alt, als seine Pflegmutter, da er einst ganz ermüdet von der Arbeit nach Hause kam, bedauernd ausrief: ,, Armer Jung! du must so hart arbeiten und bist doch der Sohn eines reichen Edelmanns, '' Unglüklicher weise befand sich ein Advokat, der im Dorfe zu tun hatte, in der Stube. Er spizte gewaltig seine justinianische Ohren, und lokte durch allerhand listige Fragen aus

aus dem guten einfältigen Weibe das ganze
Geheimnis. „Wenn es so ist," sagte er,
gute Mutter, „ wenn es so ist, und ihr
das beweisen könt, so soll es mir ein leich=
tes sein, euern Hans zum Edelmann zu
machen." Werds wohl beweisen können,
sagte das gute Weib, hol ia alle Jare,
freilich darf Hans davon nichts wissen, das
Geld für ihn dort ab." Der Advokat fragte
nun Hansen, ob er ein Edelmann werden
wolte? dieser sagte ia; und so nam er
ihn mit nach der Stadt, um das Recht
dieses Knabens auf den Namen, Stand, und
das Vermögen des Vaters gültig zu machen.

Man stelle sich Ahnenbluts Erstaunen
vor, als der Advokat mit dessen unehelligem
Sohne ins Zimmer trat, dieser ihn, ange=
lernt von dem Advokaten Papa nante,
und um eine seinem Stande angemessene
Erziehung bat. Hätte Ahnenblut nur al=
lein der Stimme seines Herzens folgen
dürfen, er würde nicht angestanden ha=
ben, seinen und Linchens Sohn vor den
Augen der ganzen Welt als Vater an seine
Brust zu drüken; aber er war Vater von
noch drei aus einer rechtmässigen Ehe er=
zeug=

zeugten Kindern. Er war das Haupt ei=
ner erenvollen, adelichen Familie; ver=
wandt durch seine Gattin mit den vor=
nemsten Häusern; welche Verwirrung so
wol in seiner Familie; welche Beschämung
seiner Verwandten, den Sohn; mit einer
Unadelichen erzeugt, mit denjenigen Söh=
nen, die aus einer gesezmässigen Ehe ent=
sprossen; von einer adelichen Mutter gebo=
ren, im gleichen Range zu sehen. Dies,
und noch andere mehrere Ursachen hielten
ihn zurük, dem Gefüle seines Herzens
zu folgen. Er läugnete zwar dem Advoka=
ten nicht, daß er Hansens Vater sei, al=
lein er weigerte sich, ihn öffentlich als sei=
nen Sohn zu erkennen; doch bot er sich
an, ihm so viel zu geben, daß dieser in
den Stand, worin er erzogen war, glüklich
leben könnte. Hans weigerte sich, daß Aner=
bieten seines Vaters anzunemen, und gieng
vor Gericht, sein Recht zu behaupten.

Als Gerichtstag war, sprach Herr Schlen=
drian das Urteil, und erkannte Hansen das
Recht zu, sich Herr von Ahnenblut zu schrei=
ben, das Wappen seines Vaters zu füren,

und

ünd auf deſſen Vermögen mit den andern
Kindern gleiche Anſprüche zu haben. Ah=,
nenbluts Sachwalter proteſtirte dagegen,
indem er anfürte, daß Hans noch vor der
Erſcheinung der neuen Geſeze geboren worden, folglich deſſen unehliche Geburt nicht
nach den neuen, ſondern nach den alten Geſezen müſſe behandelt werden, weil es vermög § 7 Hauptſtück I klar heiſt; „ das Ge-
„ſez verbindet nur für künftige Handlungen,
„nicht für vergangene Fälle; auſſer wenn
„durch das ſpätere Geſez kein neues eingefürt,
„ſondern nur das frühere Geſez erläutert
„wird. “ Herr Schlendrian erwiederte, daß
dieſes freilich ſo in 7 § ſteht; allin, ſagte
er, dieſer Saz wäre etwas dunkel; hingegen ſeien die Worte dieſes nemlichen § ſo
klar wie die Sonne: „ Handlungen, woraus
„von Zeit zu Zeit neue Verbindlichkeiten er=
„wachſen, wenn ſie gleich dem Geſeze vor-
„hergegangen; unterliegen dennoch in Anſe-
„huug dieſer Verbindlichkeiten den iedes=
„mal beſtehenden Geſezen. “ Der Buchſtabe dieſer Worte, fur Herr Schlendrian
fort, iſt deutlich dieſer: daß ein Kind vor 18
Jahren geboren, auf den Namen, Stand,

K   und

und das Vermögen seines Vaters Anspruch
habe. Diesen Anspruch, bestätiget ihm, der
17 § des vierten Hauptstüks; also hat der
unehlige Sohn das Recht, sich Hans von
Ahnenblut zu schreiben, das Wappen seines
Vaters zu füren, Anspruch auf dessen Vermögen zu machen; mit einem Worte, in alle
Rechte, die einem ehligen Kinde gebüren, zu
tretten; den § 16. Hauptstük IV sieht es
klar. „Wenn ein Kind zwar aufer der Ehe,
„doch von zwo unverehlichten Personen ge-
„zeuget worden, und desto mer, wann ein
„Kind nur aus einer ungültigen Ehe ge-
„boren ist, wo nämlich das Hinderuis nur
„so beschaffen war, daß es hätte gehoben
„werden können, ist das Kind den ehligen
„Kindern gleich zu halten, und wird dassel-
„be von der väterlichen sowol, als mütter-
„lichen Seite aller Gerechtsame teilhaft, die
„den ehlich gebornen Kindern zugestanden
„sind.“ Nun, sagte Herr Schlendrian, hätte das Hinderuis zwischen dem Herrn von
Ahnenblut, und der Mutter des Kindes
fer leicht gehoben werden können; es gebüren also dem Sohne alle Gerechtsame des

Va-

Vaters. Dieser Schluß war das Ultima=
tum des gerichtlichen Spruches. Hans
schrieb sich von diesem Augenblike Herr von
Ahnenblut, und betrat, als Erstgeborner
das Haus seines Vaters.

Zwan=

Zwanzigſtes Kapitel.

Die Folgen von dieſem Rechtsſpruche.

Ahnenbluts Gemalin erfur, wie leicht zu
erachten, ſehr bald, daß ſie nicht die erſte
Liebe ihres Gatten war, und ſie verzieh ihm
ſolches, one, daß dies ihre Liebe zu ihm ge-
mindert hätte. Da aber Hans als Erſtgeborner in die Gerechtſame ihrer Kinder
trat; als er im Hauſe ihren Söhnen gleich-
gehalten wurde; ia als Erſtgeborner noch ein
Vorrecht mehr hatte; ſo brachte ſie der Gedanke, daß ihren Kindern ein Recht, das
ihnen nur allein gebüren könne, entzogen
werde, ſo ſer auf, daß ſie von dieſer Stunde

he nicht mer das gefällige, liebvolle Weib,
sondern die Plage ihres Mannes war. Bei
ieder Gelegenheit machte sie ihm Vorwürfe,
daß ihre Kinder durch seine iugendliche Aus-
schweifungen eines Teils ihres ihnen rechtmässig gebürenden Vermögens beraubt werden; daß er sie hintergangen habe, u. d. m.
Auch ihre Verwandten plagten ihn. Trat
Hans in das Zimmer seines Vaters, und
sie waren da, so verliessen sie es augenbliklich, weil sie, wie sie sagten, in der Geselschaft eines Bastarden, nicht sein wolten.
Seine Gemalin aß nie am Tische, wenn
Hans mit aß. Ihre Kinder durften nie in
seiner Geselschaft sein. Sie mishandelte ihn
wo sie nur konte; fragte ihre Söhne, wann
der Vater gegenwärtig war: Was macht
euer Bruder Bauer? Sie entzog ihrem
Gemale die Nuznissung ihres Vermögens;
mit einem Worte: es verflos keine Stunde,
wo nicht zwischen beiden Eheleuten Uneinig-
keiten gewesen wären. Lange versuchte Ahnenblut durch Güte und vernünftige Vorstellungen sie zu besänftigen; aber vergebens! Misvergnügen wuchs mit iedem Tage,
und seine Ruhe, der Hausfrieden war ge-
stört,

stört. Der beste Mann, wenn ihm stets
Verdruß gemacht wird, wird zulezt mismiu=
tig, und seine Sanftmut umwandelt sich
in Wildheit. Ahnenblut, der mit Güte bei
seiner Gattin nichts auszurichten vermochte,
gebrauchte nun sein Ansehen; allein es half
auch nichts. Die Uneinigkeit zwischen beiden
ward von Tag zu Tag stärker; ihre Liebe
lau, lauer, zulezt ganz kalt, und das eh so,
glükliche, sich so zärtlich liebende Paar haßte
und verachtete sich nun eben so ser, als
es sich zuvor liebte und schäzte.

Einst da Ahnenbluts Gattin ihn schon
vom frühen Morgen mit ihren Vorwürfen
quälte; als sie beide mit Worten so ser in
einander gerieten, daß sie mit den beleidi=
gensten Ausdruken sich einander mißhandel=
ten; sie ihn einen Taugenichts hieß, der
seiner und ihrer Familie so viel Schmach und
Schaude verursachte; überall nur h —Kin=
der hätte, daß gewiß noch merere Bauern=
tölpeln kommen, und ihn Vater nennen wür=
den; da riß dem guten Manne die Gedult,
und er vergaß sich auf eine Art, als so leicht
ein vernünftiger Mann sich nicht vergießt.
Nun war Oel im Feuer. Die Verwandten
seiner Frau stürmten auf ihn ein, und namen
al=

alsogleich seine Gemalin, die er so frech, so
ungezogen war, mit Schlägen zu behandeln,
von ihm weg, und kamen gerichtlich um die
Ehescheidung ein.   Ahnenblut, der vor kur-
zer Zeit um alle Königreiche sich nicht von
seinem Weibe getrennt haben würde, wil-
ligte nun ser gerne ein; denn beide hatten
gegen einander eine unüberwindliche Abnei-
gung, einen töblichen Has.   Herr Schlen-
brian konte nach dem Buchstaben des 1c7
§ Hauptstük III ihnen die Ehescheidung
nicht versagen; doch schieb er sie einstweilen
nur vom Tisch und Bette.

So warb die glüflichste Ehe gestöret,
und die Ruhe zweier sich zärtlich liebenden
Gatten auf immer vernichtet, ohne daß das
Glük des unehligen Kindes daburch verbes-
sert wurde.   Hans warb nicht nur von seinen Verwandten verachtet, sondern auch
von dem andern Abel. Keiner bulbete ihn in
seinem Zirkel. Man sah ihn, ob 'gleich die
Geseze ihn für rechtmässig erklärten, doch für
einem Bastarben an, und begegnete ihm mit
Verachtung.   Hans, durch seine neue Erziehung verfeinert, fülte diese Verachtung tief.
Sein Verstand warb immer ausgebildeter;
er

er konte nun Vergleichungen anstellen; und
da fand er, wie unendlich glüflich er in seinem niedrigen Stande war, wo ihn leder
schäzte und liebte. Er wünschte sich oft in
sein einsames Dörfchen zurük, und dankte
nie dem Advokaten, daß er ihn zum Edelmann gemacht habe.

Ein und zwanzigstes und leztes Kapitel.

Wird ganz kurz sein.

Solche noch gröffere Verwirrungen verans-
laffe Herr Schlendrian in Tropos durch seine
Richterlichen Sprüche. Da er gemeiniglich
den Buchstaben des Gesezes (wenn das Gesez
selbst war fer deutlich!) — verkert nam,
so schoben die kurzsichtigen Leute die Ursache
aller dieser ärgerlichen Wirware auf die
Geseze selbst. Die Männer glaubten, die Geseze begünstigen den Ehbruch — und keiner
verehligte sich; die Jünglinge dachten, das
Gesez mache sie durch ein Rotwerben, einen

Hu

Huster, einen Räusperer, oder eine andere
kleinste Handlung, zum Vater eines Kin=
des, das wirklich nicht ihnen gehört; und
sie mieden deswegen so viel, als möglich,
die Zusammenkunft mit dem andern Geschlech=
te, und dies machte die meisten zu Onasse.
Dadurch ward die Bevölkerung sehr gehem=
met, und die ganze Generazion geschwächt.
Prozesse über Prozesse entstunden über das
Eigentum zwischen den Eheleuten, über Ehe=
scheidungen, und noch mehre Sachen, wo=
durch also der Zwek, nemlich durch die Deut=
lichkeit der Geseze die Prozesse zu mindern,
auch nicht erreicht wurde.

Die Archonten traten abermals zusam=
men. Sie sahen so viele üble Folgen aus
ihren Gesezen entspringen, und glaubten, die=
se Geseze müsten noch nicht die besten sein
— sie waren es wirklich! — Es wurde be=
schlossen, einige Veränderungen damit vorzu=
nemen; hie und da was zu wiederrufen,
und noch mer zu tun, was nötig sein wür=
de. Um nun das volkommenste Gesezbuch
zu Stande zu bringen, solten alle alte ge=
lerte, an manigfaltigen Erfarungen reiche
Männer dazu gezogen werden.

Ob

Ob die Archonten dies alles wirklich getan haben, wissen wir nicht; was sie aber
hätten tun sollen, ist, alle Schlendriane
aus den Gerichtsstuben verbannen, dann
wären ihre Geseze bald deutlich, und alle
Verwirrungen hätten ein

E N D E.

Herr Schlendrian

oder

der Richter

nach den

neuen Kriminalgesezen.

Ein komischer Roman.

Dritte Auflage.

Berlin, 1787.

Erstes Kapitel.

Wie Herr Schlendrian seiner Familie eine lerreiche Rede bei Erscheinung der neuen Kriminalgeseze hält, und welche Zubereitungen er zu ihrer Erfüllung macht.

Die aufgeklärten, für das Wol des Landes unermübeten Archonken waren nicht zufrieden, die bürgerlichen Geseze auf die unverbesserlichste Art umgeschmolzen zu haben. Immer war diese Verbesserung nicht das Hauptsächlichste. Das Verhältnis zwischen Strafen und Verbrechen lag ihnen am Her-

zen, und ihr einziges Studium war darauf
gerichtet, das Unmenschliche und Grausame
der ersten aufzuheben, ene zugleich das
abschrekende Beispiel für leztere zu vernich=
ten. Lange war dies der Wunsch des Fi=
losofen, des Menschenfreundes; aber lan=
ge war er es vergebens. Dem scharfsichti=
gen Geiste der Archonten war es aufbehal=
ten, die Schwierigkeiten alle, die der Ver=
besserung dieses Teils des Gesezbuches im
Wege lagen, zu besiegen; das wahre Ver=
hältnis zwischen Strafe und Verbrechen auf=
zufinden, und die peinlichen Geseze in dem
Grade zu verbessern, daß Minos, Likurg,
Solon, Numa und alle Gesezgeber beschämt
gestehen müssen: nur die peinlichen Geseze der
Archonten von Tropos wären das non plus
ultra. —

Die Ergebenheit des Herrn Schlendri=
ans für die neuen Geseze, und wie genau
er dem Buchstaben derselben folgte, ist den
Lesern aus dem ersten Bändchen, zur nicht ge=
ringen Ehre des Herrn Schlendrians wie wir
hoffen, bekaut. Kaum war die Milde der
gerechten, und menschenfreundlichen Archon=
ten aus der Presse, und im Publikum ver=
teilt,

teilt, als Herr Schlendrian mit dem neuen Kriminalgesezbuche in der Hand, und einer grosen Brille auf der Nase, seine ganze Familie zusammen beruft, um ihr kund und zu wissen zu machen, welche Woltat dem Lande von den weisen Veranstaltungen der Archonten zugeflossen sei.

,, Wie glücklich, began er, können wir uns preisen, den Vorwurf der Unmenschlichkeit, den alle Filosofen den Gerichtshöfen machten, endlich einmal von uns abgelegt zu haben. In unsern Grinzen wird nun kein Menschenblut von der Hand des Henkers vergossen, kein Verbrechen durch einen gerichtlichen Mord bestrafet werden. Es muste das menschlich filende Herz empören, die Zubereitungen zum Henken, Rädern, Köpfen, u. d. gl. zu sehen; aber nun sind alle diese Ueberbleibsel der Barbarei verbanet, und an deren Stelle zwekmässigere, mit dem Verbrechen im Verhältnis stehende Strafen, die unserm empfindsamen aufgeklärten Jahrhunderte Ehre machen, eingeführet worden. Fünfzig, oder höchstens nur hundert Prügel ist die Strafe für den Verbrecher. Wie gelind wie menschlich solch eine

Stra=

Strafe sei, werdet ihr einsehen. Denn solte auch jemand unter der kleinen Zal von
hundert Stokstreichen erliegen, und sterben;
so stirbt er nicht unter Henkers = sondern unter Korporals = Händen; und weder das Gesez, noch die Strafe hat Schuld an seinem
Tode, sondern sein schwächlicher Körperbau,
der ihn unvermögend macht, diese gelinde
Strafe zu ertragen; und für diesen kan die
Gerechtigkeit nicht verantwortlich sein. "Herr
Schlendrian perorirte noch lange in diesem
Tone fort, und bewies seiner Familie, wie
gut, wie vortellhaft diese neue Kriminalgeseze für die Verbrecher wären; allenfals,
sagte er, könten sie nur denjenigen, die bei
den Gerichtshöfen keine gute Freunde hätten, etwas nachteilig sein; aber dies wär
etwas, das ein jeder leicht zu heben in
Stand sei. Denn — es koste ja nicht al-
zuviel sich Freunde bei den Gerichtshöfen zu
machen.

Weil nun vor Erscheinung des neuen
Kriminalgesezbuches alle Verbrechen nach der
darin vorgeschriebenen Art bestraft werden
musten, so war Herr* Schlendrians erstes
Augenmerk dahin gerichtet, sich in den Stand

fezen, daß er durch nichts verhindert wür=
de, die Verbrechen nach der vorgeschriebe=
nen Methode beſtrafen zu laſſen. Er berif
das Gericht zu ſammen, um ſich mit ſelben
über die beſten Mittel dazu zu beratſchla=
gen. „Galgen, Räder, Schafote, Schwer=
der u. d. gl. ſagte Herr Schlendrian, bedar=
fen wir nun nicht mer, aber um ſo nöti=
ger werden uns nun Haſelſtöke ſein. Unſere
Gegend hat einen Mangel am Holze; wir
ſind alſo unvermögend, uns die nötige Men=
ge Stöke ſelbſt zu verſchaffen, und müſſen
darauf benken, woher ſolche zu bekommen?
um nie an dieſen Strafwerkzeugen einen Ab=
gang zu haben. „Die Glieder des Gerichts
fanden das Beſorgnis des Oberrichters bil=
lig und gegründet. Sie brachen ſich' gewal=
tig die Köpfe darüber, und da ſie eine
Stunde pro und contra votirt hatten, wa=
ren ſie noch nicht über die Verſchaffungsart
einig. Endlich — und billig iſt es, daß
der Oberrichter immer den vernünftigſten Rat
erteilt, — hatte Herr Schlendrian den glük=
lichen Einfal, man müſſe bei den Auslän=
dern kontraktmäſſige Beſtellungen machen.
Der ganze wolweiſe Rat genemigte dieſen
Vorſchlag, und es wurde auf der Stelle in
jene

jene Provinzen, welche an Waldungen Ulber=
flus hatten, geschrieben. Es fanden sich
fer bald einige Güterbessizer, die diese neue
fer einträgliche Spekulazion gern ergriffen, und
der Kontrakt zwischen dem Obergerichte von
Tropos und den Liferanten wurde festgesezt:
„Daß das Obergericht von Tropos sich ver=
pflichte um diesem und diesen Preis indessen,
bis man genauer und richtiger bestimmen
könte, ob eine grösere Zal nötig sei, järlich
zweimalhunderttausend Haselstöke, und vier=
mal hunderttausend Birkenruten abzunemen;
hingegen wären die Liferanten verbunden, die=
se Zal richtig und in guter Qualität zu liefern.
Und obschon das Obergericht von Tropos
hoft, mit dieser Zal das Jahr hindurch auszu=
kommen; so wären doch Liferanten verpflich=
tet, solte allenfals diese Summe nicht hin=
länglich sein, das noch Benötigte, um ge=
sezten Preis und promt zu liefern. „Die=
ser Kontrakt wurde unterschrieben, mit dem
Stadtwappen besiegelt, und, damit die Life=
ranten die sie betreffende Punkte genau er=
füllen möchten, von der Regierung der Pro=
vinzen, mit denen Einwonern derselbe ge=
schlossen wurde, garantirt.

Von

Von dieser Seite hatte sich nun Herr Schlendrian in Sicherheit gesezt, daß es ihm niemals an Haselstöken felen konte, und nun bewarb er sich auch noch um tüchtige Aerme zu diesen Stölen, die er zu finden eben nicht viel Schwierigkeit hatte. Nur ein einziger Umstand war noch zu heben. Durch eine besondere Verordnung der Archonten war die Einfur aller ausländischer Artikel verboten; und daß Haselstöke und Birkenruten, die in auswärtigen Provinzen wuchsen, als ausländisch betrachtet werden mußten, war gar nicht zu zweifeln. Der hohe Rat kam daher bei den Archonten bitlich ein: „da bei izger Verfassung Haselstöke und Birkenruten ein unumgänglich notwendiges Bedürfnis, und zwar nicht für den Partikülier sowol, als den Staat selbst sei; Tropos aber fast gar nichts von diesem Produkte erzeuge; so ersuchte das Obergericht von Tropos, demselben die verordnungsmässigen 60 pr. Cent für die einzufürenden Haselstöke und Birkenruten gnädigst nachzusehen. „Dieses Gesuch ward von den Archonten bewilliget.

Zwey-

Zweites Kapitel.

Worin Heer Schlendrian beweist, daß Komplimente machen ein politisches Verbrechen sei.

Ein junger, gutgebildeter vermöglicher Mann, von zwei bis drei und zwanzig Jahren hatte an einem öffentlichen Belustigungsorte mit einem hübschen, aber armen Mädchen Bekantschaft gemacht. Durch die freundliche Einladung sowoi von Seite der Mutter, als Tochter, aufgemuntert, besuchte er sie einigemale, und scherzte, wie junge Leute mit den Mädchen gewönt sind; sagte ihr allerlei Galanterien vor, die das gute Mädchen für bare Münze annam, und spielte halb die Rolle eines Liebhabers. Wer war froher, als Mutter und Tochter, einen so

hübschen, und dabei so reichen Freier er=
hascht zu haben! Aber bald erkanten beide,
wie gewaltig sie sich in ihrer Erwartung ge=
täuscht haben. Der junge Mensch, welcher
einsah, daß eine Verbindung mit diesem
Mädchen seiner Konvenienz nicht angemessen
sei, und zugleich bemerkte, daß man auf ihn
ernstliche Absichten habe, schränkte seine öf=
tere Besuche ein, und blieb endlich gar aus.
Lezteres hielt er um so nötiger, da er teils
dem Mädchen ihren Wan benemen wolte;
teils weil er anderwärtig Bekanschaft mit
einem Mädchen gemacht, das eben so rei=
zend und dabei noch reich war.

Von nichts ziehen die Mädchen eher Kund=
schaft ein, als von der Untreue ihrer Lieb=
haber, und von der Ursache, die sie veran=
lasset. Netchen (der Name der Verlassenen)
erfur bald, daß eine andere ihr das Herz
ihres Geliebten weggekapert habe, und die
gänzlich eingestelten Besuche ihres Un,etreuen
überzeugten sie von der Gewisheit dieser
Nachricht. „Wie! ein anders Mädchen hat
die Fesseln, mit denen ich sein Herz umwand,
zerrissen!“ so sagte Netchen zu sich selbst,

und

und man kan leichte denken, daß dieser Gedanke ihre Eitelkeit auf das äuserste kränkte,
Mutter und Töchter waren beleidigt; jene,
daß ihrem Kinde eine so gute Versorgung
entging; diese, daß die Reize eines andern
Mädchens mächtiger als die ihrigen waren;
und beide beschlossen, sich an den jungen Flat-
terhaften zu rächen; freilich jede nach ihrer
Art. Die Mutter, daß sie überal schlecht
von ihm sprach, und bei jeder Gelegenheit
ihn verleumdete; die Tochter — wie wir bald
hören werden.

Die Stadt Tropos hatte in der Mitte
ihres Umfangs einen grosen schönen, vier-
ekigten Plaz, der mit Lindenbäumen besezt
war, die verschiedenen Alleen bildeten, und
worin für die Lustwandelnden Ruhebänke
ang:bracht waren. Hier sammelte sich an
schönen Frühlings = und Sommerabenden fast
die Hälfte der Einwoner von Tropos.
Mütter führten ihre Töchter zur Schau hin;
Liebende suchten sich da durch ihre Blike zu
erklären, was ihr Mund aus Furcht vor
griesgrämigen Aufsehern, Tanten und Onkeln
zu sagen nicht wagen durfte; Zipriens Prie-

sterlach burchstrichen die dunkeln Gänge um
irgen wo einen Mitleiden zu finden, der
ihnen einen Opferpfenning reichte, und lokere
Herrchen spähen mit girigen Bliken umher,
ob sie nicht irgendwo eine Fryne entdekten,
in deren Armen sie Geld, Jugendkräfte, und
Gesundheit verschenden könten. Um an die=
sem Orte allen Unfug zu verhütten, waren am
Eingange, in der Mitte, und am Ende je=
der Allee Sicherheitswächter aufgestelt, die
man im Fal der Not zu Hilfe rufen konte.
An diesem Orte begegnete der junge Mensch
das von ihm verlassene Mädchen one sie zu
bemerken. In dem nämlichen Momente, da
er hart bei ihr vorüberging, erblikte er von
der andern Seite der Allee die Beherscherin
seines Herzens, der er mit der möglichsten
Freundlichkeit ein Kompliment machte, und
ihr verschiedenes mit dem Hute zuwinkte.
Dies erboste das von ihm nicht bemerk=
te Mädchen so ser, daß sie augenbliklich be=
schlos, diese Gelegenheit zu benuzen, sich
an ihm zu rächen. Sie rief der Sicherheits=
wache, und da sie herbei kam, so bat sie,
den jungen Menschen zu arretiren, weil —
weil — weil er ihr habe was zumuten wol=
len,

len, was ein rechtschaffenes Mädchen nicht
einmal gerne — sagt. Der junge Mensch
muste, ganz beschämt, der Wache folgen, die
ihn in Verwarung brachte, und am andern
Tag vor Gericht fürte, wohin auch Netchen
beschieden ward.

Herr Schlendrian hörte die Klage von
Netchen an, und verurteilte den jungen
Menschen nach den 70 §. des 5 Kapitels von
politischen Verbrechen zum zeitlichen gelinden
Gefängnisse auf ein Monat. Der junge Mensch
beteuerte seine Unschuld, indem er gar nicht
das Mädchen gesehen hate. u. d. gl. Tut
nichts, sagte Herr Schlendrian, Sie haben
ihr ein Kompliment gemacht, haben mit dem
Hute gewinkt, und das macht sie strafbar;
denn im 69 §. des 5. Kapitels von politischen
Verbrechen steht es klar und deutlich: „Wer
„auf offener Strasse eine Weibsperson von
„unbescholtenem Rufe, die ihren Weg an-
„ständig wandelt, mit Geberden, oder Reden
„auf eine solche Art verfolgt, welche die Ver-
„fürung zur Ausgelassenheit d e u t l i c h anzei-
„get, ist als ein politischer Verbrecher zu be-
„handeln.‟ Nun haben sie dem Mädchen
ein

ein Kompliment gemacht, und mit dem Hute
gewinkt; dies sind aber Geberden, die von
der Verfürung zur Ausgelassenheit zeigen;
also. „Der junge Mensch entgegnete, daß
das Kompliment dies Mädchen gar nicht
angegangen, sondern auf ein anders gerichtet war.‟ Tut nichts, sagte Herr Schlendrian, so haben sie ein anders Mädchen verfüren wollen; denn jedes Kompliment mit
dem Hute auf der Gasse ist eine Geberde, die
deutlich von der Verfürung zeigt, und
folglich ist jedes Kompliment ein politisches
Verbrechen. Hiemit befal er den jungen
Menschen ins Gefängniß zu füren, und
wandte sich zu einem andern, der eine Frine
auf der Gasse angesprochen, die ihn, weil
er zu wenig bezahlen wolte, verklagte. Diesen verurteilte Herr Schlendrian zum zeitlichen gelinden Gefängnisse auf ein Jahr,
und dreimal in der Woche zum Fasten. Der
arme junge Mensch protestirte gegen sein Urteil als zu hart. Herr Schlendrian schlug
ihn den 67 §. des 5 Kapitels von politischen
Verbrechen auf, und las: „Wer den andern
auf öffentlicher Straffe, um ihn zur Unzucht
zu verleiten, anspricht, er sei männlichen

                                    oder

oder weiblichen Geschlechts, ist eines politischen Verbrechens schuldig." Nun steht gleich: §. 68 dieses nämlichen Kapitels: „Die Strafe ist zeitliches Gefängnis, das immer mit Fasten zu verschärfen ist." Ich halte mich also an den Buchstaben des Gesezes. Der lunge Mensch entgegnete, warum seine Strafe härter ausfalle, als die desienigen, der ein erliches Mädchen anreizte? Er glaube, es sei ein gröseres Verbrechen, eine Unschuldige anzusprechen, und sie verfüren wollen, als eine, an der nichts mer zu verfüren ist. Nach dem Buchstaben des Gesezes ist es umgekert, sagte Herr Schlendrian; und auch billig. Ein erliches Mädchen hat ihre Tugend, Keuschheit, und überdies noch zehn weibliche Krallen zu ihrer Verteidigung; aber eine Frine kan sich gar nicht verteidigen; sie giebt gleich der kleinsten Versuchung nach, und darum muß die Gerechtigkeit ihre Verteidigung auf sich nemen.

Sobald diese zwei Urtele in Tropos bekant wurden, so erregte es unter den iungen Männern nicht wenig Furcht und Schreken. Und da ein Kompliment mit dem Hu=

te

te, nach dem Buchstaben des Gesezes, wie
Herr Schlendrian entschied, ein politisches
Verbrechen sei, so beschlossen alle iunge Herren, keine Hüte mer zu tragen, sondern gingen alle chapean — bas.

———

Drittes Kapitel.

Worin Herr Schlendrian seine Einsicht in Kriminalverbrechen bezeugt.

Herr Liebreich ein junger Mann, der durch den frühzeitigen Tod seiner Eltern in den Besiz eines ansenlichen Vermögens gelangte, hatte unweit Tropos ein schönes Landgut, wo er den ganzen Früling, Sommer, und einen grossen Teil des Herbstes zubrachte.

Das Gut gefiel dem Herrn Schlendrian auserordentlich, und er ging Herrn Liebreich einigemal darum an, ihm selbes zu verkaufen. Dieser schlug es aber immer ab, weil es selbst sein Lieblingsort war, das er um so mer schäzte, weil er auf selbem das erste

Licht

Licht erblikte. Dies verdroß Herrn Schlen=
drian gewaltig. Er nante so was unver=
nünftigen Eigensin; und konte nicht begrei=
fen, wie ein junger Mann sich einen Ober=
richter nicht verbindlich machen will.

Dieser junge Mann ongefer fünf und
zwanzig Jahre alt, ward in der ganzen Ge=
gend umher als ein ser gütiger, menschen=
freundlicher, woltätiger Mann bekannt. Sei=
ne Nachbarn liebten ihn seines friedlichen,
verträglichen Karakters wegen, und die Ar=
men segneten ihn für seine reiche Woltaten,
mit denen er sie tätig unterstüzte. Herr
Liebreich, so gütig er gegen wahre Bedürfti=
ge sich bezeugte, und die leidende Tugend,
so viel es seine Kräfte zuliesen, unterstüzte;
so streng war er gegen Ausschweiflinge, und
nie, so fern er wuste, daß sie seine Hilfe
blos darum suchten, um den Weg des La=
sters weiter fort zu wandeln, ließ er sich
von ihren Bitten erweichen.

Herr von Prunkfeld, ein junger, liebe=
licher Mensch, der sein beträchtliches Vermö=
gen in Bachusgelageu, im Dienste der Ve=

B 2   nus,

nus, und im Spiele durchgejagt, suchte Hilfe
bei ihm; nicht um ein ordentliches Leben be-
ginnen zu können; sondern um es da wieder anzufangen, wo er aus Mangel des
Geldes gelassen hatte. Liebreich versagte ihm
seine Hilfe, und Prunkfeld ward äuserst aufgebracht darüber. Anfangs bat er ihn mit
aller Höflichkeit um einige tausend Taler;
aber nun schrieb er ihm einen Brief, und
foderte sie mit untermengten Drohungen von
ihm. Liebreich verlachte sein Drohen, antwortete ihm gar nicht, und lies das übrige
gut sein. An einem Nachmittage, da er allein in seinem Zimmer am Fenster sas, und
eben eine Flinte lud, mit der er aus dem
Fenster manchmal teils zum Zeitvertreibe,
teils um die Vögel zu verscheuchen, daß sie
ihm sein schönes Obst nicht verderben, schos,
trat Prunkfeld mit gespanter Pistol hinein.
„Du hast mir, sagte er, meine Bitte versagt,
hast meine Drohungen verachtet; aber nun
zittere; denn al dein Geld kan dich nicht
von meiner Rache loskaufen! " Mit diesen
Worten schlug Prunkfeld auf ihn an; Liebreich aber drükte seine Flinte auf ihn los;
und traf ihn so unglüklich, daß Prunkfeld

zu-

zufammenſtürzte, und in wenigen Minuten
feinen Geiſt aus auchte. Liebreich ſties in
ſeinem Schreken, da er Prunkfelden, fallen
ſah, einen lauten Schrei aus, der die Leute
herbeizog, worunter auch Prunkfelds Diener
war. Die er, da er ſeinen Herrn tod im
Blute ſchwimmend liegen ſah: ſchrie Mörder
meines Herrn! lief zum Gericht, zeigte den
Mord an, und Liebreich wurde unter Tränen und Wehklag'n aller nach Tropos ge-
liefert.

Der Prozeß dauerte nicht lange. Liebreich war ſeiner Tat geſtändig, und Schlendrian ſprach nun das Urteil über ihn; daß
er auf fünf Jahre zum Gefängnis und zur
öffentlichen harten Arbeit verdamt ſei, und
zugleich wegen b e ſ o n d e r s b e-
d e n k l i c h e n Umſtänden mit 50 Stokſtreichen öffentlich ſolte beſtrafet werden. „Gegen dieſes Urteil proteſtirte Liebreichs Sachwalter als äuſſerſt ungerecht, weil Liebreich nicht
als ein Mörder könne behandelt werden,
ſondern als ein Selbſtverteidiger angeſehen
werden müſſe, der ſein Leben zu retten,
den Angreifer ermordt habe; und ein ſolcher

Mord

Mord sie nach den Rechten aller Nazionen
kein Verbrechen. Herr Schlendrian entgegnete:" § 97 im Vierten Kapitel von Kriminalverbrechen steht es klar und deutlich:
„Des Verbrechens eines Mordes aber ist
„schuldig, wer einen Menschen zwar nur
„in seiner Verteidigung getödet, aber die
„angezeigten Grenzen einer gerechten Not-
„wer überschritten hat, weil er one Scha-
„den und Gefar sich dem Angriffe anders
„als durch den Tod des Angreifers hät-
„te entziehen, oder da er sich des Angrei-
„fers, one ihn zu tödten, hätte bemäch-
„tigen können." Diese angezeigten
Grenzen der gerechten Notwer hat Delinquent überschritten. Denn erstens sas er
am Fenster, er hatte also noch das Mittel der Flucht übrig, indem er hätte zum
Fenster hinaus springen können; welches
um so leichter und one alle Gefar möglich gewesen wäre, da das Fenster nicht
hoch, und unter selben einige Mistbeete
angebracht sind, wo also im Fallen kein
Unglük zu befürchten gewesen wäre,
und hätte Delinquent auch allenfals einen Fus, oder einen Arm gebrochen;

so

so wäre das nicht von so grofer Wichtig=
keit; ja hätte er sich auch beide Hände und
Füsse zerfallen, als den Angreifer zu ermor=
den. Zweitens war Delinquent nicht vol=
kommen überzeugt, ob der Angreifer ihn auch
wirklich ermorden wolte; er hätte also erst
abwarten sollen, bis der Angreifer die Pi=
stole auf ihn losgebrant hätte! — der Sach=
walter fiel hier Herrn Schlendrian ins Wort,
und sagte: So was hätte der Angegriffene
nicht abwarten können; denn würde der An=
greifer ihn erschossen haben, so wär es dann
nicht möglich gewesen sich gegen ihn mer zu
verteidigen. Herr Schlendrian erwiederte, es
wäre möglich gewesen, daß der Angreifer
ihn gefelt hätte; was um so warschein=
licher sei, da man mit einer Pistole nie so
sicher zielen könne; und dann hätte De=
linquent sich des Angreifers bemächtigen
können, one ihn just zu ermorden. Es ist
also nach dem Buchstaben des Gesezes er=
wiesen, daß Delinquent die angezigten
Grenzen einer gerechten Notwere über=
schritten, und deswegen eines Mordes schul=
dig sei. „Der Sachwalter des unglüklichen
Hebreichs nam nun das Wort, und suchte zu be=

wei=

weifen, daß es ungereimt wäre, von dem An=
gegrifnen in dem Momente, wo er in Gefar
sein Leben zu verlieren sich befinde, zu for=
dern, daß er solche Ueberlegungen machen, und
was er zu tun oder nicht zu tun habe,
wälen solle. In solch einem Augenblice füle
man nichts anders als die eigne Gefar,
und die Pflicht der Selbsterhaltung, die
uns, one lange zu überdenken, was man
tun dürfe oder nicht dürfe, das erste beste
Mittel ergreifen heist, den Feind auser
Stand zu sezen, uns zu schaden; und die=
ses um so mer, da die geringste Verzügerung
ihm Zeit läst, sein böses Vorhaben auszu=
füren. Kein Mörder aus Selbstverteidigung
wird gerade die Absicht haben, den Angrei=
fer zu ermorden; sondern nur ihm die Kraft
zu schaden zu nemen. Geschieht es nun
durch den Tod des Angreifers, so ist der=
selbe zufällig; oder, weil der Angreifer in
dem Augenblik, wo er keine Zeit zum Ue=
berlegen hatte, kein besseres Mittel in der
Eile ausfinden konte. Wer kan also die
Grenzen aussteken, und bestimmen bis hiher,
und nicht weiter? „Die Archonten, fiel
Herr Schlendrian ein, die die Geseze ge=

                              macht

macht haben. Und da es in diesem neuen
Gesezbuche steht, daß, wer die angezeigten
Grenzen einer gerechten Notwere überschrite,
ein Mörder sei, so muß es auch möglich
sein, dieselbe zu beobachten.

Der unglükliche Liebreich war nun zur
Vollziehung seines Urtells an die Gerichts=
stätte gefürt, mit fünfzig Stoksstreichen öf=
fentlich bestraft, und muste dann, an an=
dere warhaft grose Verbrecher angeschmie=
det, die Gassen reinigen. Jedermann beklag=
te ihn, beklagte denn Staat, für den er durch
seine Strafe Zeitlebens unbrauchbar ge=
macht wurde.

Vier=

Viertes Kapitel.

Worin Herr Schlendrian nach seiner Pflicht, dem Buchstaben des Gesezes zufolge, die Augen von seiner Tochter abwendet.

Lotchen, Herrn Schlendrians Tochter, nunmerige Madame Jungblut, blieb nicht allzu lange das treue, liebe Weibchen, das sie sich anfangs zu sein stelte. Kaum hatte ihr Gemal ihren vorigen Fel gänzlich aus seinem Gedächtnisse gewischt, und ihr seine ganze Liebe und Hochachtung wieder zugewendet, so gelüstete es ihr auch schon nach verbotenem Gute, und sie trachtete nun sorgfältig, eine Gelegenheit zu erhaschen, die Güte, Liebe und Achtung ihres Mannes

mit

mit einer schönen Krone zu belonen. Jung
und schön, wie sie war, konnte es ihr nicht
lange felen. Ein hübscher Pursche, der
erst von Universitäten zurükgekommen war,
und, um bald einen guten Dienst zu er=
halten, die Protekzion junger schöner Wei=
ber suchte, hatte das Glük, Gnade vor
ihren Augen zu finden. Lotchen, so oft sie
ihm begegnete, oder in Gesellschaften mit
ihm zusammen kam, gab ihm durch Mi=
nen und Blike zu versehen, daß ihr Herz
nicht nach der Ehre, unüberwindlich zu
sein, strebe; daß sie von Natur ser nach=
giebig sei, und daß sie — einen Mann habe,
dessen Stirne hübsch breit und stark sei
Fortvles (der Name des Kandidaten) be=
rechnete alle Vorteile, die ihm aus der
Bekantschaft mit der Tochter des Obersten
Richters von Tropos erwaschen könten, und
verdoppelte seine Aufmerksamkeit für Lotchen.
Er lies sich überal finden, wo sie zu treffen
war; in der Kirche, auf Promenaden, überal
war er ihr Schatten.

Die gewönlichen ersten Höflichkeiten für=
ten nach und nach zu etwas mer Vertrau=

28

lichfeit; und endlich — junge Frauen wiffen
am beften, was das endlich bedeute.

Fort**kes wurde durch Lotchen in dem
Haufe ihres Vaters befant. Man fah
fich da, wenn es bei Lotchen die Umftände
verhinderten; oder machte dafelbft wenig=
ftens Beftellungen. Die beiden trauten Gee-
len wuften fich in der ganzen Sache fo klug
zu benemen, daß weder Herr Schlendrian,
noch Herr Jungblut merkte, wie viel es
an der Gloke fei. Mit äuferfter Gleichgül=
tigkeit begegneten fie fich in Gegenwart
fremder Perfonen, fprachen fo kalt mitfam=
men, hielten der ehligen Treue fo viele Lob=
predigten, daß alle alte Tanten und Onkeln
fich herzlich daran erbauten, und alle jun=
ge Ehmänner ihre Weiber nach dem Mufter
der Madame Jungblut gemodelt haben wol=
ten.

Einft erhilt Jungblut Nachricht, ein
Kaufmann eines kleinen Städtchens, dem
er viele Waaren kreditirt hatte, fei in Ver=
fal gekommen, und feine Gegenwart wäre
nötig, wolte er noch etwas von feinem
                                    Ver=

Vermögen retten. Jungblut eilte dahin, und Herr Fortwiß zu Lotchen, um ihr die Langeweile indeſſen zu vertreiben.

Man weiß nicht, was Herr Schlentri= an dieſen Tag notwendiges bei ſeiner Tochter zu tun hatte; ſo viel aber iſt gewiß, daß er juſt in einem Augenblike zu ihr kam, wo Lotchen und Fortwiß in einer Lage waren, die der nicht ungleich war, in welcher der ruſſige Vulkan ſeine Gemalin mit dem Krie= gesgott im Neze ertapte. Fortwiß erſchrak ein wenig darüber; Lotchen munterte ihn aber mit den Worten auf: es iſt nur mein Vater!

Herr Schlendrian, nicht wenig über die ganz unterwartete Gruppe, die ſich ſeinem Blike darſtelte, verwundert, beſan ſich doch geſchwind, daß er Oberſter Richter von Tro= pos ſei, und eilte unverzüglich, ſo ſchnel, als ſeine alten Beine vermochten, zur Türe hinaus.

Fünf=

Fünftes Kapitel.

Worin Herr Jungblut sieht, was Herr Schlendrian nicht sehen wolte.

Indessen so klug die beiden jungen Leut-
chen ihre heimliche verbotene Zusammen-
künfte vor den Augen der ganzen Welt zu
bemänteln wusten, so begingen sie doch die
Unvorsichtigkeit, sich einmal in Gegenwart
eines Knabens von dreizehn Jahren, der
ein weltschüchtiger Verwandter des Herrn
Jungbluts war, und bei ihm die Handlung lernte, zu vergessen, und zwar auf
ein solche Art, die dem Knaben, der fer
scharfsichtig war, ungemein auffiel. Neugierde trieb ihn an, noch mer Erläuterung

von

von der Sache einzuziehen; und nun späte
er ihnen auf jedem Schrit und Trit nach,
one daß sie es gewarten.

Am nemlichen Tage, da Herr Schlendrian
seine Tochter in einer Cipriens heiligen Stel-
lung überraschte, schlich der neugirige lose
Knabe dem alten Herrn ganz unvermerkt
nach, um zu erfaren, was denn vorginge?
Er hatte Herrn Fortvies über die Hinter-
treppe zu Lotchen kommen gesehen, sich leise
an die Türe geschlichen, den Schlüßel aber
abgezogen gefunden, und, obschon er durchs
Schlüsselloch späte, nichts erlugen können.
Er wuste, daß Herr Schlendrian den Haupt-
schlüßel habe, und hofte mit selben sich in
die grose Stube schleichen, daselbst sich
verbergen, und, wenn Herr Schlendrian,
der sich niemals lange aufzuhalten pflegte,
fortginge, vielleicht etwas erlauschen zu können. Herr Schlendrian hatte (man erfur
später die Ursache seines Besuchs) vor zween
Tagen einige wichtige Papiere in dem Zimmer
seiner Tochter vergessen, und kam eben, sie ab-
zuholen. Herr Schlendrian war immer gewönt, one alles Geräusche und so, leise als

mög-

möglich), einzutreten; das tät er auch dis=
mal, und darum hörten die beiden Verlieb=
ten ihn nicht. Auf solche Art sah der löse
Kundschafter alles, was Herr Schlendrian
gesehen hatte, und beschlos, so bald sein
Herr nach Hause kommen würde, ihm,
was er gesehen, zu nicht geringer Freude
wie er hofte, zu entdeken.

Sobald Herr Jungblut ankam, zog ihn
sein kleiner Veter auf die Seite, und be=
schrieb ihm die Lage, worin er seine Frau
Mume mit Herrn Fortvies angetroffen, so
nach der Natur, daß Herrn Jungblut ganz
warm ward, und ihm die Stirne gewaltig
zu juken anfng. Als er aber hörte, daß
Herr Schlendrian selbst es gesehen, und,
one seinem ungetreuen Weibe etwas darüber
zu sagen, sich sachte fortgeschlichen habe,
da brauste das Blut in seinen Adern auf,
und er wolte auf der Stelle vor Gericht ge=
hen, sein Weib samt seinen Schwiegervater
zu verklagen, und sich von der Ungetreuen
scheiden zu lassen. Zum Glüke für ihn kam
eben einer seiner besten Freunde, dem er
die ganze Sache entdekte, und der ihm riet,
noch stille zu schweigen, bis er legarere Be=
weis

weiſe für die Untreue ſeiner Frau aufzuweiſ-
ſen hätte. Er erinnerte ihn, wie hart es
nach den neuen Geſezen ſei, eine Frau des
Ehbruchs zu überzeugen, und hilt daher
fürs beſte, ſich ſo lange zu verſtellen, bis
er und ein Augenzenge ſie auf eine Art ertappen würden, daß ſie ihre begangene Untreue nicht mehr leugnen könte. Jungblut
fand den Rat ſeines Freundes vernünftig,
nam eine gelaſſene, freundliche Mine an,
und lies ſich gegen ſein Weibchen, das ihn
mit ungewönlicher Zärtlichkeit begegnete,
gar nichts merken, als wüſte er von ihrer
hübſchen Auffürung nur das geringſte.

Wärend daß Jungblut durch ſein liebvol-
les Betragen ſein Weib ſicher machte, und
ſie im Glauben erhielt, ihr Mann hege nicht
den geringſten Zweifel in ihre Treue, berat-
ſchlagte er ſich mit ſeinem Freunde, wie es
anzuſtellen, daß er ſein Weib auf friſcher Tat
ertappen könte. Sein Freund hilt für das
beſte, er ſolte ſich ſtellen, als hätte er wieder eine Reiſe vor; ſich dann heimlich im
Hauſe verbergen, und dann, wenn ſein Weib
ſich am ſicherſten glaubte, wolten beide ſie
überraſchen, damit er einen Augenzeugen hät-

Schlendr. II. Band. C te.

te. Jungblut fand diesen Rat ser gut, und
da es etwas hart lassen wûrde, sein Weib
in ihren Zimmern zu überfallen, so wolt' er
ihr den Vorschlag tun, wärend seiner Abwesenheit auf seinen Zimmern zu wonen, unter dem Vorwande, er wolle indessen verschiedenes in den ihrigen ändern lassen.

Abgeredter massen sagte Jungblut einem
Tag vorher zu Lotchen, er würde wichtiger
Geschäfte wegen den andern Tag verreisen;
und sie möchte indessen seine Zimmer beziehen,
weil er in den Ihrigen einige Veränderungen
vorhabe. Er ließ auch wirklich Maurer und
Schreiner kommen, denen er verschiedene
Aufträge machte. Lotchen stelte sich betrübt,
daß ihr Mann sie schon wieder verlassen wolte; heimlich aber war sie recht froh darüber;
denn seit dem Dasein ihres Mannes hatte sie
noch keine Gelegenheit gehabt, mit Fortvies
zusammen zu kommen.

Jungblut hatte aus seinem Zimmer eine
heimliche Treppe in sein grosses Warenlager,
von der auser ihm niemand wuste. Er hatte sie machen lassen, um seine Leute, wenn

sie

sie darin arbeiteten, unbemerkt beobachten zu
können. Es war nun abgeredet, daß Jung=
blut und sein Freund indessen in dem Waren=
lager sich verbergen wollen; sein Vetter solte
dann Schildwache halten, und wenn er den
Herrn Fortvies kommen sähe, es ihnen sa=
gen; dann aber Lotchen unter einem Vorwan=
de aus dem Zimmer rufen, wo sodann sich
beide hinauf begeben, hinter einem gros=
sen Kasten verbergen, und dann die Verlieb=
ten überfallen wolten. Die ganze List gelang.
Der junge Kundschafter spielte seine Rolle
meisterhaft, und hilt Lotchen indessen so lan=
ge auser dem Zimmer, daß Jungblut und
sein Freund Zeit genug gewan, sich zu
verbergen.

Fortvies schlich ganz heimlich die Treppe
hinan, und eilte ungesehen, wie er glaubte,
in die Arme seiner Geliebten. Lotchen hatte
einige Erfrischungen zubereitet, die sie mit
ihrem teuren Fortvies unter Scherz und Ne=
kereien verzerte, wobei dem armen Jungblut
ganz wunderlich zu Mute ward, und sein
Freund Mühe hatte, ihn zurückzuhalten, um
durch zu voreilige Hize nicht den ganzen

C 2   Spaß

Spas zu verderben. Endlich, da Kus und
Wein beider Blut in geschwindern Umlauf
brachte, der Puls heftiger schlug, die Zunge
im Munde erstarte, und das Aug in solch=
ter Zärtlichkeit halb erloschen schwam, san=
ken beide auf das Ruhebetchen in seliges Un=
bewustsein ihrer selbst dahin, und — Herr
Jungblut brach mit seinem Freunde aus sei=
nem Hinterhalte hervor, und wekte beide durch
seine donnernde Stimme aus ihrem süssen
Taumel. Wer vermag das Schrecken der
beiden Ulberraschten mit hinlänglichen Farben
zu schildern! Sie wünschten in diesem Mo=
mente, eine Wolke möchte sie so, wie den
Vater Jupiter beim Homer, vor den Zorni=
gen Bliken des geschändeten Ehmanns ver=
bergen; aber der Himmel war nicht so artig,
diesen ihren brünstigen Wunsch zu erfüllen.
„Nun solst du mich nicht mehr hintergehen,
Schandweib!" rif Jungblut vor Wut ausser
sich, und eilte mit seinem Freunde vor Ge=
richt.

———

Sech=

Sechstes Kapitel.

Wie sich Herr Schlendrian verteitigt, und ein Beispiel seiner Gerechtigkeit giebt.

Mit störischer, wilder Miene, und vor Wut rollendem Auge trat Jungblut, von seinem Freunde begleitet, vor die Versamlung des hohen Rats, und forderte die Gerechtegkeit auf, ihn an seinem ehebrecherischen Weibe zu rächen. Herr Schlendrian wolte etwas zu ihrer Verteidigung sagen, aber Herr Jungblut fiel ihm ins Wort. „Ich weis,

was

was Sie vorbringen wollen, sagt er. Aber
Sie selbst sind mit Ihrer Tochter einverstan-
den gewesen. Sie haben Sie so ertapt, wie
ich. Wär' es nicht ihre Schuldigkeit gewesen, ihrer Tocher hierüber Vorwürfe zu machen, und mir das schäudliche Betragen
meines Weibes zu entdecken. Dadurch, daß
Sie schwiegen, haben Sie sich zum Mitschuldigen gemacht." Der ganze Rat sah mit einiger Verwunderung auf Herrn Schlendrian,
der nun seine Verteidigung began. „Es ist
wahr, sagte er, daß ich meine Tochter ertapt habe; aber nach dem Buchstaben der
neuen politischen Geseze durfte ich nichts davon sagen, und muste schweigen. Den §
45 im vierten Kapitel von politischen Verbrechen heißt es klar: „Bei diesem Verbre-
„chen nemlich des Ehbruchs) soll die politi-
„sche Behörde sich von Amtswegen nie,
„sondern nur dann einmengen, wenn der be-
„leidigte Teil, Mann, oder Weib, die Un-
„tersuchung und Bestrafung ausdrüklich fo-
„dert." Nun bin ich oberster Richter von
Tropos, es ist also klar, daß ich nach dem
Buchstaben des Gesezes den Ehbruch meiner
Toch-

ochter nicht habe sehen, vielweniger erst
Rotiz davon nemen dürfen. Was sie also
ter sagen, daß ich mich zum Mitschuldigen
es Ehbruchs gemacht habe, ist eine Ver=
umdung, für die ich mir Genugtuung vor=
ehalte "

Der ganze wolweise Rat gab Herrn Schlen=
rian Recht, und fand es billig, und dem
Buchstaben des Gesezes angemessen, daß ein
Bater, und noch dazu obcr ster Richter von Tro=
os, keine Notiz von dem Ehbruch seiner
Tochter neme. Nun ward die Klage des Herrn
Jungblut untersucht. Er und sein Zeuge be=
räftigten ihre Aussagen eidlich, und bewiesen
andgerichtmässig, daß Lotchen einen Ehbruch
egangen habe. Aus Achtung für den Herrn
Schlendrian wolte der hohe Rät die Sache
n der Güte beizulegen suchen; allein Herr
Schlendrian bewies, wie gerecht er sei.
„Meine Tochter ist, da sie sich mit einer le=
digen Mannsperson fleischlich vermischte, ver=
mög § 44 des vierten Kapitels von politi=
schen Verbrechen, eines Ehbruchs schuldig,
und daher auch strafbar. Ich bin gerecht,
und schone selbst meine Familie nicht. Sie
sei

sei also vermög § 46 des nemlichen Kapitels
zum zeitlichen Gefängnis verurteilt. Da aber
vermög § 14 des ersten Kapitels vom Kri=
minalverbrechen, und des 8 § des zweiten
Kapitels von politischen Verbrechen, wo der
Richter auf obgesagten 14 § verwiesen wird,
dem Richter obligt, auf den Grad der ein=
schlagenden Bosheit zu sehen; bei meiner
Tochter aber keine Bosheit, sondern nur
Schwachheit Schuld an diesem Verbrechen
hat, sich auch noch jung, und Herr Fortbles
sehr schön ist, folglich sie leicht hat verfürt
werden können; so sol die Dauer ihrer Stra=
fe, wie solche § 17 im a Kapitel von poli=
tischen Verbrechen ausgedrükt ist, auf einen
ganzen Tag festgesezt, und noch durch Fasten
verschärft werden." Der ganze Rat lobte
Herrn Schlendrians Gerechtigkeitsliebe. Heim=
lich aber riet der Unterrichter dem Herrn
Jungblut, seine Gattin lieber gleich wieder
anzunemen, und so von der Strafe zu befrei=
en, damit Herr Schlendrian ihn nicht als
einen Verleumder belange, und er nach dem
Buchstaben des Gesezes, mit öffentlicher Ar=
beit und Stockstreichen gezüchtiget werde.
Herr Jungblut sah ein, daß er nach dem
Buch=

Buchstaben der neuen Geseze leicht als ein
Verleumder könte behandelt werden, folgte
dem Rate des Unterrichters, erklärte, er wol-
le sein Weib wieder annemen, und Herr
Schlendrian versprach, ihn nicht als einen
Verleumder zu behandeln.

Sie-

Siebentes Kapitel.

Worin Herr Schlendrian zeigt, wie man Wertheriaden verhüten müsse.

Spleen, ein junger, gut gebildeter Mensch, voll Verstand und Kenntnisse, von einem rechtschaffenen Karakter, und dem empfindsamsten Herzen, aber one Vermögen, lebte mit seiner Schwester von einem geringen Einkommen, das er durch seine Kopfarbeiten erwarb, und wovon er noch einige arme Anverwandte von Zeit zu Zeit unterstüzte. Er war von ansehnlichen Eltern, die aber alles Vermögen durchgebracht, und beide Kinder im äusersten Elende zurükgelassen hatten. Sein hartes Schiksal, und noch mer jenes seiner Schwester preste dem Unglüklichen oft

Trä=

Tränen aus, und bei der so vielfältig er-
duldeten Verachtung knirschte er manchmal
vor Unmut über sein Elend; doch ertrug er
den Mangem am Notwendigsten, dessen der
Mensch zur Befriedigung seiner wahren Be-
dürfnisse braucht, mit Gelassenheit und Stärke; fand in seiner grosen Seele, seinem Verstande, seinem edlen, erhabenen Herzen hinlänglichen Ersaz für den Abgang der Glüks-
güter; aber die Leiden eines zärtlichen Herzens drükten ihn zu Boden, und sein Geist,
stark genug allen andern Schiksalen zu trozen,
vermogte nicht, ihre drükende Last zu ertragen.

Spleen sah einst auf einer öffentlichen Pro-
menade ein schönes, nicht zu prächtig, aber
mit Geschmak gekleidetes Mädchen. Noch bis
izt hatte er die Macht der Liebe nicht empfunden. Sein Elend war ihm ein Schild gegen die Pfeile dieser almächtigen Gottheit,
deren Gewalt kein Sterblicher widerstehen
kan; doch nun fülte er bei dem Anblike
dieses reizenden Geschöpfes ihre Macht mit
doppelter Stärke. Unbeweglich starte er sie
mit feuchten Bliken an, wolte ihr nachfol-
gen, konte aber nicht von der Stelle; und
er-

erhilt erſt dann die Kraft ſich zu bewegen,
ſeiner ſich bewuſt zu ſein, wieder; da ſie
gänzlich ans ſeinen Augen verſchwunden war.
Welch ein neues Daſein empfand er nun!
Ihm ſchien die ganze Natur verwandelt;
alles, was ſich ſeinen Blifen darſtelte, ſah
er in einer andern Geſtalt. Er fülte un-
nennbare ſüſſe Wemut, fülte ſein Herz ge=
preſt, und doch ſo leicht, fülte, was ſich
nicht erklären läſt.

Sich die Einzige, deren Bild in jeden Ge=
danken ſeiner Seele verwebt war, aufzu=
ſuchen, ſie zu ſprechen, ihr etwas zu ſagen,
zu deſſen Ausbruf ihm noch die Worte man=
gelten, war nun ſein inniges Streben, und
die Liebe begünſtigte ſeine Mühe auch dem
Herzen des Mädchens drükte Amor den nemlichen Pfeil, mit welchem er unſern Spleen
verwundete, tif ein, ach daß er ihn nicht
aus ſeinem goldenen Köcher nam! Spleen
erhilt unterm Vorwand von Unterricht in
der franzöſiſchen Sprache Eintrit ins Haus;
die beiden Seelen floſſen bei der erſten Unter-
redung in eins zuſammen, und geſtunden ſich,
was keines zu verbergen Kräfte und Geſchik=
lichkeit hatte.

In

In diesen Momente war auf dem ganzen
rdenrunde keiner glüklicher , als Spleen.
r hätte diesen Zustand nicht um die Selig=
lt der Heiligen vertauscht ; schade, daß er
lcht von Dauer war! Bald erwachte Spleen,
nd ach, sah nach seinem Erwachen grenzen=
seres Elend um sich , als er je in seinem
eben empfunden. Das Mädchen, vol Schön=
eit , Tugend, Verstand und Wiz , war aus
Jakobs Saamen.   Welch ein unübersteigli=
)es Hinderniß! selbst der Liebe unbesiegbar.
nd nun Spleens Armut , die ihm jedes
Nittel , und hier konte er nur das äuseste
rgreifen, unmöglich machte.   Lange schlich
r vom Gram und gefüle seiner Leiden abge=
ert herum , kämpfte , und kämpfte vergebens
iit tausend blutigen Gedanken , die in seiner
Seele aufstigen ; aber ach kein schwaches
Jlämchen aufklimmender Hofnung! es war im=
ner düstrer, und düstrer und endlich nach vielem
Dulden namenloser Leiden, nach unsäglichem
Streite, nach vielem Abarbeiten seiner Seelen=
räfte unterlag er dem fürchterlichen Gedanken
nd ihm schien, da dieser Entschluß mit aller
Feste vor seiner Seele stund , es würde, so
inster als es ihm darin war, mit einem
Male helle. Was ihn manchmal noch schwan=
ten

ken machte, war seine unversorgte Schwester; aber diese solte nun an einen wohlha-
benden Mann verbunden werden; sie ist ver-
sorgt, dachte er, und izt hilt ihn nichts an
eine Welt gefesselt, wo, wie er in seinem
Wane dachte, kein Freudenblümchen für ihn
dufte.

Am Morgen eines schönen Tages stund
er zeitlich auf, blikte mit tränendem Auge
die aufgehende Sonne an; erhob dann sein
Aug empor zum Himmel, heftete es auf
das Haus worin seine Esther wonte, —
und drükte sich die Pistole in den Mund,
daß sein Schedel ganz zerschmettert, und er
tod zur Erde stürzte. Man fand ihn auf dem
Rüken in seinem Blute liegend. Wer be-
schreibt den Schmerz der Schwester, wer,
was Esther empfand? — —

Am nemlichen Tage, blutig ging die Sonne auf, erschoß sich zugleich ein Vetter des
Herrn Schlendrian. Ein junger ausschwei-
fender Mensch, der von seinen Schulden ge-
drükt, wegen bübischen Schurkereien keinen
andern Ausweg sah, als sich durch den Tod
von dem Ungestüm seiner Gläubiger zu be-
                                    freien.

eien. Die Körper der beiden Selbstmörder
urben gerichtlich besichtiget, und dann ent=
hieb Herr Schlendrian: daß Spleen durch
en Schinder zum Fenster hinausgeworfen,
uf dem Karren durch die Stadt geführt,
nb auf den Schindanger einzugraben, sein
Setter aber one Begleitung und Gepräng
uf eine ehrliche Art der Mutter Erde zu
bergeben sei. "Die armen Verwandten des un=
lükllchen Spleens eilten, sobald sie das Urteil
ernommen, vor Gericht, umwenigstens eine mit
em Vetter des Hrn. Schlendrians ähliche Beer=
igung für ihren Woltäter auszuwirken. Sie
gten, es scheine ihnen ungerecht, daß zwei
leiche Verbrecher ungleich sollen behandelt
erden, und daß, wenn Herrn Schlendrians Vet=
r auf eine ehrliche Art eingegraben würde,
pleen nicht auf so schändliche und meisten=
lls nur die lebenden unschuldigen Verwan=
n entehrende Weise eingescharret werden
nte. Herr Schlendrian erwiederte darauf,
aß dies nach dem Buchstaben des Gesezes
fült werden müste; denn sagte er: § 123
es vierten Kapitels von Kriminalverbrechen
ht es klar und deutlich: " Der Körper
des Selbstmörders, wenn er entweder so=
gleich tod geblieben, oder one bezeig=
te,

„ te Reue geſtorben, iſt durch den Schin=
„ der einzuſcharren. Hat er zwiſchen der
„ Tat, und dem erfolgten Tod Reue gezei=
„ get, ſo iſt dem Körper nur die öffentliche
„ Grabſtätte zu verſagen, und er one alle
„ Begleitung, und Gepräng einzugraben.“
Nun iſt Spleen ſogleich tod geblieben,
one vorher Reue bezeigt zu haben, mein Vet=
ter aber hat vorher noch Reue bezeigt; denn
als man meinen Vetter fand, ſo lag ſeine
rechte Hand auf der linken Bruſt, dies iſt
ein ſicheres Zeichen, daß er, eh er ſeinen
Geiſt aufgab, noch einmal auf ſein Herz
reumüthig geklopft hat: bei Spleen fand man
beide Hände ausgeſtrekt neben dem Körper
liegen, und folglich gar kein Zeichen einer
bezeugten Reue. Ich kan alſo nicht anders
als nach dem Buchſtaben des Geſezes mit
ihm verfaren. Onehin bin ich noch ſer ge=
linde gegen Spleen, fur Herr Schlendrian
fort; denn, wenn ich nicht irre, ſo ſcheint
mir, daß die Strafe des ſogleich todge=
bliebenen Selbſtmörders nach Umſtänden allen=
fals noch mit Stokſtreichen zu verſchärfen iſt,
dieſe aber wil ich gnädigſt nachſehen.

Bei

Bei diesem Ausspruche des Herrn Schlen=
drians blieb es. Spleen ward vom Schin=
der auf dem Karren hinausgefürt, und neben
todtem Viehe der Verwesung übergeben.
Seine unglükliche Schwester traf die Schan=
de und die Strafe ihres Bruders: Ihr Ge=
liebter sties sich daran, die Schwester des=
jenigen zu ehligen, der durch Schinders Hän=
de begraben wurde. Er verlies sie, und die
Unschuldige sank in namenloses Elend zurük,
weil ihres Bruders rechte Hand nicht auf
der linken Brust lag, und folglich kein Zei=
chen bezeigter Reue da war. Vielleicht
war seiner scheidenden Seele lezter Gedanke:
Vater vergieb deinem Kinde.

Ach

Achtes Kapitel.

Zu welchem irrigem Begriffe dieses Urteil des Herr Schlendrians in einem kleinen Städtchen bei dem Magistrat Veranlassung gab.

Vier Stunde von Tropos lag das kleine Städchen Motschfull, worin seit einiger Zeit eine Plage die armen Einwoner ziemlich ängstigte. Schon zwanzig Pferde, und über vierzig Stük Rinder hätten sich an der Krippe selbst erwürgt. Man stelte verschiedene Versuche an, diesem Ulbel abzuhelfen, beräucherte die Stallungen, legte unter die Türschwellen, in die Krippe, unters Futer ge-

weite

welte Dinge, gab dem Vieh Lukaszetelchen
zu verschluken, lies Stal und Vieh durch
Kapuziner exorziren und einsegnen, alles half
nichts. Der Selbstmord ris unter Pferden
und Rindern immer mer ein, und es verging
kein Tag, wo nicht ein Pferd, und einige Rinder tod im Stalle gefunden worden wären.

Da alle geistliche Mittel nichts fruchteten,
so trat der Magistrat zusammen, um durch
weltliche Vorkerungen diesem Ulbel zu steuern.
Der Richter des Städtchens war eben in
Tropos, als Herrn Schlendrians Urteil an
dem unglüklichen Spleen volzogen wurde.
Er erkundigte sich sorgfältig, warum man
an dem toden Körper diese Strafe volziehe?
und erfur, daß es geschähe, um die Selbstmörder abzuschreken. Der gute Richter, der
für die Weisheit des Herrn Schlendrians
alle Achtung hatte, hilt dies Mittel, den
Selbstmord zu verhindern, für das beste, und
zweifelte gar nicht, daß es in seinem Städtchen gleichfals von dem besten Erfolge sein würde. Mit einer wichtigen Mine trat er in die Rat-
stube, und, nachdem er mit vielen Worten die un-
sägliche Mühe, die er zur Tilgung des im Städt-

chen

chen herrschenden Uibels angewendet, hoch gepriesen hatte, fur er dann folgendermaßen fort: „ In Tropos hat die Weisheit des „ Herrn Schlendrians, unsers gnädigsten „ Oberrichters, onlängst einen Selbstmörder „ durch den Schinder hinausfüren! laßen, „ damit durch dieses unehrliche Begräbnis, „ alle und jede, denen die Welt so verhaßt ist, „ daß sie sich selbst den Weg hinaus banen, durch „ den Gedanken, nach ihrem Tode, wo sie „ nichts mer fülen, entehret zu werden, „ vom Selbstmorde abgeschrekt würden. Das „ Zutrauen, das ich in die vilhelobte Weisheit „ des Herrn Schlendrians habe, überzeugt „ mich, daß solche Vorkerungen von der besten „ Wirkung sein müßen, und darum ist „ mein unmasgeblicher Rat, daß wir diesem „ weisen Beispiele folgen, und unsere noch „ lebende Pferde und Rinder durch eine an „ einem sich selbst erwürgten Pferde, oder „ Rind exemplarische Strafe vom Selbst= „ morde abschreken möchten. ‟ Der ganze Magistrat staunte die weise Rede des Richters mit Verwunderung an, und einer sprach zum andern: „ Gevater, ich bin der Meinung, unser Richter habe Recht! ‟

Der Vorschlag des Richters ward einſtim=
mig angenommen; und weil in voriger Nacht
ſich eben ein Pferd wieder erwürgt hatte,
beſchloſſen, alſogleich die Exekuzion vorzuneu=
men. Weil aber ein Pferd oder Rind, es
mag ſich ſelbſtmorden, oder von der Natur
erwürgt werden, kein anderes Begräbniß,
als durch Schindershände, zu gewarten hat,
ſo glaubten einige, daß ſolch eine Strafe kei=
nen Eindruk auf die Lebenden machen wür=
de, und man fänd für nötig, eine andere
Strafe zu erfinden. Nach vielem Beratſchla=
gen, wobei doch nichts beſchloſſen wurde,
muſte endlich der Richter den beſten Vor=
ſchlag tun, der auch von allen genemiget
und zu deſſen Ausfürung alſogleich geſchrit=
ten wurde.

Vor dem Städtchen war eine groſſe Wie=
ſe, die zum Exekuzionsplaz erſehen ward.
Alle Einwoner muſten ihre Pferde und Rin=
der auf die Gerichtsſtätte füren, die dann
in einen Kreis herum angebunden wurden.
Nun brachte man das ſich ſelbſt erwürgte
Pferd. Es wurde zur Entehrung deſſelben von
zwei Eſeln am Karren auf den Plaz geſchlept
dann mit den hintern Füſſen an einen Pfal

ge=

gebunden, mit Steken geprügelt; dann wur=
ben ihm die Glieder Stükweise durch die
nemlichen Esel, die es zur Richtstätte ge=
schlept hatten, abgerissen. Nachdem diese
schrekliche und schaudervolle Exekuzion vorü=
ber war, trat der Richter in die Mitte des
Plazes, und hilt an die anwesende Versam=
lung der Pferde und Rinder eine Rede, wo=
rin er sie ermante, sich an dieser schreklichen Exe=
kuzion ein Beispiel zu nemen, und dem Gedan=
ken des Selbstmordes kein Gehör zu geben,
widrigenfals sie auf die nemliche Art be=
straft werden würden.

Neun=

Neuntes Kapitel.

Wie Herr Schlendrian diese Pferdeexekuzion aufnam, und endete.

Der Bericht von der an dem Pferde verübten Exekution des Magistrats von Motschfull gelangte bald zu den Ohren des Herren Schlendrians. Uiber diesen unerhörten Frewel, mit welchen sich der Magistrat erkünte, der Geseze zu spotten, äuserst aufgebracht, entbot er alsobald dem Richter, vor dem Obergerichte von Tropos zu erscheinen.

Der Richter von Motschfull, one eigentlich zu wissen, warum er beschieden worden?

verfügte sich sorglos nach Tropos. Er trat
vor Gericht, und Herr Schlendrian redete
ihn folgendermaſſen an. Ihr ſeyd eines Kriminalverbrechens, und zwar des Laſters der
verlezten Majeſtät angeklagt, und vor das
hohe Gericht beſchieden worden, euch zu verteidigen, und dann euer Urteil anzuhören.
Todenblaß ſtotterte der arme Richter die Fra-
ge: was er verbrochen habe? heraus. Herr
Schlendrian antwortete: Ihr habt die neuen
Geſeze entheiliget, daß ihr die darin enthaltenen
für Menſchen beſtimten Strafen auf Pferde
und Rinder angewendet habt. Nach dem
43. §. des dritten Kapitels von Kriminalverbrechen heiſt es deutlich: „ Der beleidigten
Majeſtät iſt auch derjenige ſchuldig, der die
pflichtmäſſige Ehrerbietung gegen den Landes-
fürſten aus den Augen ſezt: " nun heiſt das
die pflichtmäſſige Ehrerbietung aus den Augen ſezen, wenn man deſſen Geſeze aufs
Vieh anwendet, ihr ſeid alſo ein Beleidiger
der Majeſtät, und vermög §. 44. des nemlichen Kapitels zum gelinderen Gefängnis zeitlich im zweiten Grade auf acht Jahre verurteilt.

Der

Der Richter entschuldigte sich, er habe dies nicht getan, um der Geseze, für die er alle mögliche Ehrfurcht hege, zu spotten. sondern um dem Uibel des Selbstmordes, das unter den Pferden und Rindern seines Städtchens eingeriffen, zu steuern. Ich hielt dafür, fur er fort, daß, da eine Strafe an dem toben Selbstmörder, die andern davon abhalten könne; dies auch die Wirkung bei den Pferden und Rindern haben müste. Herr Schlendrian entgegnete ihm; diese Ausflucht sei nichtig. Es wär ein Unterschied zwischen vernünftigen Menschen, und einem unvernünftigen Viehe; was also auf jene Eindruk macht, kan auf dieses nicht wirken. Der Richter erwiederte darauf: er habe gehört, jeder Selbstmörder sei ja auch unvernünftig; kein bei volkomner Vernunft sich befindender Mensch würde sich jemals ermorden; und daß ein solcher immer am Verstand krank, und folglich in einem Zustande wäre, als wenn er gar keinen hätte; nun sagte er, hab' ich so geschlossen: kan diese Strafe auf Menschen, deren Sinnen verrükt, und ihr Verstand krank ist, einen Eindruk machen; kan der Gedanke eines entehrenden Begräbnisses diesem das Pistol aus der Hand reissen; so kann eine

än=

änliche Strafe dies auch bei Pferden und Rindern bewirken. Hierauf beteuerte er heilig, daß er gar keine böse Absicht dabei gehabt habe, und bat, ihn vom Laster der beleidigten Majeſtät loszuſprechen. Herr Schlendrian verwarf dieſe Entſchuldigung. Er ſagte in den Geſezen ſtünde § 128 daß der Menſch, der ſich ſelbſt ermordert, auf eine ſolche Art durch den Schinder begraben werden ſolle; und alſo ſteht zu vermuten, daß dieſe Strafe die Selbſtmörder abſchreken müſſe, weil das Geſez ſie aus dieſer Urſache verordnet habe; hingegen ſtehe in den Geſezen keine Strafe für ſich ſelbſt gemordetes Vieh. Hätten die Geſeze für dieſen Fal eine Strafe verordnet, ſo wär' es was anders, und ganz ſicher, daß es die Pferde und Rinder abſchreken würde, ſich nicht mer an der Krippe zu erwürgen; weil es ſonſt die Geſeze nicht verordnet hätten. Der gute Richter wolte ſich noch verteidigen, aber Herr Schlendrian beſal ihn fortzufüren.

Zu ſeinem Glüke nam der hohe Rat von Tropos ſich ſeiner an, und ſagte; da es ſchien, daß dieſer Menſch ſer einfältig ſei, ſo könne man ihn nicht als einen Krimi-

nalverbrecher behandeln: denn § 2 des ersten Kapitels heist es: „ Zu einem Kriminalverbrecher gehöre, böser Vorsaz; nun aber könne man nicht sagen, daß sein Vorsaz böse gewesen, da er das Gegenteil behaupte; so ist er auch kein Kriminalverbrecher. Ferner heist er ser klar und deutlich § 5 des nemlichen Kapitels. „ Wenn ein Irtum mit un-
„ terlaufen ist, wobei dem Irrenden wegen
„ der Irrung selbst keine Schuld beigemessen
„ werden kan, und er one Dazwischenkunft des
„ Irtums auf eine erlaubte Art gehandelt ha-
„ ben würde, so spricht dies von der Anschuldi-
„ gung eines Kriminalverbrechens frei. „ Nun ist nicht zu leugnen, daß er das blos aus Irtum gethan habe; auch ist es seine Schuld nicht, daß er nicht richtigere filosofischere Begriffe hat, so kann er auch als kein Kriminalverbrecher behandelt werden. Es wäre also das klügste die Entscheidung dieses Fals den Archonten selbst zu überlaßen. Dies geschah, und die Archonten schrieben unter den Bericht: sit illi delictum remissum; nesciebat enim quid fecit. Seine Schuld sei ihm erlaßen, denn er wuste nicht, was er tat.

Zehn-

Zehntes Kapitel.

Worinn Herr Schlendrian etwas nach dem Buchstaben der Geseze zurük fordert, das noch nie wieder ersezt werden konte.

Als Lotchen, Herrn Schlendrians Tochter heiratete, nam dieser eine Nichte ins Haus, um seiner teuren Ehehälfte eine Geselschafterin zu geben. Klärchen war ein ser schönes Kind, fünfzehn Jahre alt, in allen weiblichen Arbeiten geschikt, sprach schön französisch, sang noch schöner, und spielte allerliebst auf dem Klavier. Klärchen war Herrn Schlendrians Freude, und er beneidete oft seinen Bruder, eine so volkommene Tochter zu haben.

Klär=

Klärchen war ein sanftes gutes Kind,
äuserst arbeitsam, und, aus Mangel der Ge=
legenheit, noch unschuldig. Ihr kleines Herz=
chen kante die Liebe nicht; selbst aus Büchern
war sie ihr wenig bekant, denn sie las fast
nie Romane. Klärchens Vater hatte ein
gi... Vermögen, und sie war seine einzige
Tochter; ein Umstand, woraus sich leicht ver=
muten läst, daß Klärchen eine Menge von
jungen Leuten an sich zog, die alle um ihre
Gunst bulten, freilich die meisten blos des
Geldes wegen; obgleich Klärchen one alles
Vermögen mit ihren reizenden Eigenschaften
das liebenswürdigste Mädchen gewesen wä=
re; aber so — verdiente sie, gar angebetet
zu werden.

Aus allen, die um Klärchens Liebe war=
ben, schien ihr nur einer ihre Aufmerksam=
keit besonders zu verdienen; und dieses war
ein junger gut gebildeter Kavalier, vol Wizes
und Verstandes, aber eines verdorbenen
Herzens; ein Erzwollüstling, dem kam es auf die
Befriedigung seiner Begierden an, nichts zu
heilig war.

Der junge Baron von Ilheart sah Klärchen im Schauspielhause und verliebte sich in
sie; oder besser: er wünschte den Genus dieses liebenswürdigen Mädchens. Von diesem
Augenblike verfolgte er sie überal, und spar-
te keine Mühe, bis es ihm gelang, Zutrit
ins Haus zu erhalten. Seine warhe liebenswürdige Eigenschaften erwarben ihm bald
den Beifal der Frau Schlendrianin, und sein
Witz, sein Verstand, seine gute Bildung machten, daß Klärchen ihn gerne um' sich duldete.
So jung Ilheart war, so viel Erfarung hatte er im Laster. Er wuste, daß bei diesem Mädchen eine ganz andere Art zur Eroberung nötig sei, als bei den meisten ihres
Geschlechtes, und daß Verstellung und Hei-
chelei ihm den Weg zu ihrem Herzen banen
müssen. Aus dieser Ursache warf er sich in
die Hülle der Tugend, und erschlich unter
dieser Maske nicht nur allein das unbefangene
Vertrauen des Mädchens, sondern wuste auch
die Wachsamkeit des Herrn Schlendrians ein-
zuschläfern; dessen Frau hatte er nicht zu
fürchten, die war mit ihren eignen kleinen
Angelegenheiten zu viel beschäftiget.

Der

Ilheart verdrang nach und nach alle sei=
ne Nebenbuler aus dem Hause, bis auf einen
einzigen, mit dem er Klärchens Freundschaft,
sonst foderte er nichts — teilen muste; und
wenn Ilheart den Vorzug vor diesem hatte,
so war blos seine schönere Gesichtsbildung
und sein Stand schuld. Ilheart schlich sich
durch sein gefälliges geschmeidiges Betragen
unvermerkt in Klärchens Herz, und rükte, je
weniger er es darauf anzulegen schien, im=
mer in seiner Liebe weiter fort. Klärchen
war in einem Alter, wo alles in uns nach
Liebe atmet; konte sie lange unempfindlich
bleiben? Ihre Ruhe verlor sich. Sie fülte
ein Klemmen im Herzen, und ein gewisses Et=
was tobte in ihrem Busen, das sie nicht kante,
ihr aber doch manchen ungeduldigen Wunsch,
manches Seufzen darnach verlaßte. Sobald
Ilheart dies bemerkte, dünkt es ihm Zeit zu
sein, aus seinem Hinterhalte hervorzubrechen
und in ofnem Felde zu agieren. Er bestürm=
te ihr Herz mit allen Künsten eines geübten
Verführers, und drang so lange in sie, bis
sie ihm gestund, was ihr Herz schon lan=
ge empfand.

Nun hielt Ihrart feinen Sieg schon
für halb gewonnen. Er zweifelte nun nicht
mer, daß bei erster Gelegenheit sich ihn das
Mädchen völlig ergeben werde, und hofte
von seiner Kunst, die Ziererelen ihrer ster-
benden Tugend zu überwinden. In Erwartung dieses günstigen Augenblikes weidete er
sich indessen an ihren unschuldigen Küssen,
und den kleinen Freiheiten, die sie ihm zu-
gestund; Freiheiten, vor denen aber die Tugend selbst nicht erröten durfte. Manchmal
wagte er, etwas mer, als sie gestattete, zu
unternemen; aber jedesmal muste er ihren
ganzen Unwillen empfinden, und nur die
Entschuldigung, daß es wider seinen Willen
geschehen, sönte sie mit ihm aus. Da's
ihm nun zu lange wärte, san er auf eine
schikliche Gelegenheit, wie er das, wozu ihm
nach ihrem ganzen Betragen wenig Hofnung
blieb, daß er es mit ihrer Einwilligung erhalten würde, durch List oder Gewalt ge-
niessen könte, und ein Zufal bot ihm hiezu
die Hand. Ein fremder Fürst besuchte die
Archonten. Ganz Tropos brante vor Neugierde, ihn zu sehen, um so mer, da der
Ruf viel von ihm posaunte, und er in den
Mauren dieser grosen Stadt nicht verweilen
wol-

wolte. Mon fur, rit, und ging ihm daher
einige Meilen entgegen. Klärchen bezeigte
Luſt den Fürſten zu ſehen: Ilheart bat ſie
einen Plaz in ſeinem Wagen anzunemen, weil
ſeine Tante, die eben angekommen, auch dem
Fürſten entgegen faren wolle. In der Geſellſchaft ſeiner Tante war keine Gefär; und
ſie nam ſein Anerbieten an:

Ilheart hatte indeſſen ſeinen Plan mit einer verſchmizten Kuplerin abgeredet, die ſeine Tante vorſtellen mußte. Er holte Klärchen ab, und fur in ihrer und ſeiner vor-
geblichen Tante Geſellſchaft dem Fürſten entgegen. Man ſpeiſte zu Mittags in dem Gaſt-
hofe, wo der Fürſt abſtieg; und Klärchen
war ganz vergnügt, den Fürſten ſo nahe geſe-
hen zu haben. Gegen Abend fur man nach
Tropos zurük. Ilheard ſtelte ſich als wolte
er bei Herrn Slendrians Wonung ſtil halten laſſen, Klärchen da abſezen, und dann ſeine Tante nach Hauſe begleiten. Dieſe aber
bat, erſt vor ihr Haus zu faren, und nötigte
Klärchen ſo lange bei ihr abzuſteigen, und
einige Erfriſchungen da einzunemen; daß
das gute nichts Böſes argwönende Mädchen
einwilligte, um ſo mer, da die Tante ihr
Schlendr. II. Band. E ver-

verſprach, ſie zu Fus nach Hanſe zu beglei=
ten, weil der Abend ſer ſchön wäre. Klär=
chen wurde in Garten gefürt, wohin Ilhe=
arts Tante einige Erfriſchungen bringen lies.
Man nötigtete ihr mancherlei auf, allein Klär=
chen, die eine heimliche ihr unbekante Angſt
überfiel, genos wenig, und war ſehr eilig nach
Hauſe zu keren. Gleich mein Kind, ſagte
endlich die Tante, ich wil nur eine andere
Saloppe umhängen, dieſe könte mir doch
ein wenig zu küle werden. Unterhalten Sie
ſich indeſſen mit meinem Neffen, ich werde, eh
Sie ſich dreimal geküſt haben, wieder da ſein.
Mit dieſen Worten verlies ſie das Garten=
haus, und ſchlos die Türe hinter ſich zu.

Ilheart legte nun die Maske ab, und
zeigte ſich dem äuſerſt erſtaunten Mädchen in
ſeiner waren Geſtalt; aber ſeine Schmeiche=
leien, ſeine Tränen, ſeine Bitten, alle ſeine
hölliſchen Künſte der Verfürung waren frucht=
los. So wie Klärchen ihn in ſeiner eigenen
Geſtalt erblikte, trat die ſtärkſte Verachtung
an die Stelle der Liebe, und ſie flies ihn ſo,
oft er ſich ihr näherte, mit Abſcheu zurük.
Da Ilheart mit Güte nichts auszurichten
vermogte, ſo nam er zu Drohungen ſeine
Zu=

Zuflucht, und schwur mit Gewalt zu rauben, was ihm verweigert wurde. Lotchen werte sich so gut als ein sechzehnjähriges Mädchen sich in solchen Fällen nur weren kan; aber ihre Kräfte waren zu schwach; sie unterlag im Kampfe der Wut des Bösewichts, und er raubte ihr mit Gewalt, was sonst — die meisten Mädchen sich one Gewalt rauben lassen.

Ein Ström von Tränen entstürzte Klärchens Augen, als die säubere Tante eintrat, und sie lachend fragte, ob sie zu früh zurükgekeret sei? Das arme Kind vermögte nichts zu antworten; sie stürzte zur Türe hinaus, und eilte ihrer Wonung zu. Herr Schlendrian saß eben am Tische und studirte den Sinn der neuen Geseze, noch mer durch, als Klärchen mit zerrauftem Haare, unordentlichem Anzuge, tränenden Augen und ringenden Händen eintrat, und ganz entkräftet auf einen Stul sank. Vor Schreken auser sich sprang Herr Schlendrian auf, und eilte ihr zu Hilfe. Wie ward ihm, da er die Unordnung gewarte, in der das gute Mädchen sich befand. Ihre Augen rolten wild herum, ihr Busen arbeitete heftig, ihre Minen waren verstört; man hielt sie für wanſinnig. Nach vielem Dringen und Bitten, geſtund ſie endlich, was ihr begegnet war. „Der Böſewicht! ſchrie Herr Schlendrian ganz erboſt, und fur ſo gewaltig mit der Hand an die Perüke, daß er ſie drei Schritte weit vom Kopfe ſchleuderte.“ Das ſol er büſſen, teuer büſſen! Schikte die Sicherheitswache nach Ilhearts Wonung und lies ihn in Arreſt füren.

Am andern Tage verſammelte Herr Schlendrian den hohen Rat, und Klärchens Vater brachte im Namen ſeiner Tochter die Klage vor. Ilheart konte die Tat nicht leugnen, und Herr Schlendrian verurteilte ihn vermög § 131 des fünften Kapitels von Kriminalverbrechen zum harten Gefängniſſe auf zwölf Jahre, und zur öffentlichen Arbeit. Die Kuplerin aber wurde vermög § 133 des nemlichen Kapitels auf fünf Jahre Gefängnis und öffentlicher Arbeit verurteilt; zugleich aber auch ſolte ſie fünfzig Karbatſchenſtreiche erhalten. Der ganze Rat genehmigte dies Urteil. Herr Schlendrian fur fort, und ſagte: dies iſt noch nicht genug; denn vermög § 132 des angefürten Kapitels iſt der Verbrecher auch zur Entſchädigung verbun=

funden. Der hohe Rat warf alſo dem Mädchen die Hälfte des ſer beträchtlichen Vermögens ihres Verfürers aus, und glaubte,
es wäre alles, was Klärchen fordern könte.
Aber Herr Schlendrian begnügte ſich noch
nicht damit. Er ſagte: in eben angefürtem
132 § ſteht es klar; „Der beleidigten Weibs-
„perſon, welcher ihr Recht wegen der Ge-
„nugtuung und Entſchädigung vorbehalten
„bleibt, iſt zugleich auch eine dem Vermögen
„des Verbrechers angemeſſene reichliche Ver-
„ſorgung zuzuerkennen“ Nach dieſem ſon-
nenklaren Buchſtaben des Geſezes iſt es deutlich; daß unter der Entſchädigung nicht ein
ausgeworfener Teil vom Vermögen des Verbrechers verſtanden wird; denn ſonſt hies es
nicht: „nebſt der Entſchädigung zugleich
auch;“ es iſt alſo klar, daß die Entſchädigung ſich auf ganz was anders, als auf das
Vermögen beziehe; wie es auch billig iſt,
daß der Verbrecher dem Mädchen dieſe Entſchädigung leiſte. Daher fordere ich, daß
Ilheart meiner Mume den Schaden, den er
ihr zugefügt, erſeze, und ſie dadurch ent-
ſchädige, daß er ihr zurükgiebt, was er ihr
geraubt hat, und ſie folglich ſo ad integrum
indemniſirt werde, daß ſie wieder wird, wie

ſie

sie vorher war, als sie den unglüklichen Gart n betrat." Ulber diese Forderung verzog der ganze hohe Rat den Mund in Falten, denn er konte nicht begreifen, was Herr Schlendrian unter dieser so weit umschriebenen Entschädigung verstehe? Herr Schlendrian erklärte sich deutlicher, und der hohe Rat stelte ihm vor, daß dieses eine Unmöglichkeit sei, folglich dem Verbrechen nicht aufgebürdet werden könte. Allein Herr Schlendrian blieb dabei, daß nach dem Buchstaben des Gesezes es möglich sein müsse, weil nebst der Versorgung auch noch eine Entschädigung ausdrüklich dem Mädchen vorbehalten sei, und sie keine andere, als diese Entschädigung, sobald sie eine Versorgnng erhalte, fordern könne. Wenn es aber, meinte Herr Schlendrian, dem Verbrecher unmöglich wäre, so folte dessen Mitgehilfin dazu angehalten werden. „Lieber Himmel, sagte die Kupplerin, bei mir suchen der Herr Oberrichter so zwas — Ach du mein Gott! — Wer noch so glüklich wäre!" — Dies schien dem hohen Rat eben eine zu unbillige Forderung. Aber Herr Schlendrian beharte auf dieser Entschädigung; denn, sagte er, sie

                                    steht

steht im Geseze, also mus sie auch möglich
sein. Da nun Herr Schlendrian truz allen
Vorstellungen von seiner Forderung nicht ab=
gehen wolte, und sich immer auf den Buch=
staben des Gesezes des 132 § berief, in
welchem diese Entschädigung ausdrüklich ent=
halten sei; so ward endlich beschlossen, dar=
über zu konsuliren, ob nicht ein anderes
Aequivalent, da das Geraubte in Natura
fast gar nicht, oder doch ser hart zu er=
statten sei, bestimmet werden könte? —
„Halt, sagte Herr Schlendrian, nun fält
mir was bei, wie dieser sonnenklare
Buchstaben des Gesezes allenfals
noch zu verstehen wäre. Unter der Ent=
schädigung kan auch verstanden werden,
daß nebst der Versorgung dem Mädchen
das geraubte Gut nach gerichtlicher Schä=
zung zu bezalen sei. Es ist also nicht ge=
nug, daß meiner Mume das halbe Ver=
mögen zu ihrer Versorgung zugesprochen
worden; sondern sie mus noch nebst diesem
die Vergütung am Gelde, oder Geldeswert
erhalten. Da wir aber, wie ich glaube,
nicht wissen, was dergleichen wert ist, so
wollen wir alle Mädchen aus Tropos zu=
sammen kommen lassen, und eine jede sol

bestimmen, wie hoch ſie dieſen Schaz halte?
Damit man aber ſehe, das ich billig bin,
ſo ſol nach jener, die die wolfeilſte Taxe
macht, der Preis für izt und immer feſtge-
ſezt werden." Dieſes Ultimatum billigte
der ganze wolweiſe Rat, und Jlheart und
die Kupplerin wurden an den Ort ihrer
Beſtrafung geführt.

Eilf-

Eilftes Kapitel

Worin Herr Schlendrian, und der hohe Rat sich einander fragen: was ist da zu tun?

Seit Tropos zu einer grosen Stadt sich empor geschwungen, ist vielleicht nicht dreimal ein solcher Fal erhört worden, als der war, der nun bei dem Obergerichte von Tropos anhing, und worüber Herr Schlendrian, und der hohe Rat nicht einstimmig werden konten.

Herr Käreläs, ein Mann von drei und zwanzig Jahren hatte eine Tochter, welche nach dem Tode ihrer Mutter bei ihrer Tante seit ihrem eilften Jahre erzogen ward. Das Mädchen von der Natur mit allen kör-

körperlichen Reizen begabt, vereinigte damit
durch die sorgfältige Erziehung ihrer Tante,
alle trefliche Eigenschaften des Geistes und
Herzens. Kärelås besuchte seine Tochter fast
täglich, und ie volkomner sie ward, ie mer
gewan sie seine Liebe. Malchen erreichte,
von ihrer Tante und ihrem Vater geliebt,
das sechzente Jahr, und ihr Anblik bezau-
berte alle Herzen: man muste sie ihrer Schönheit wegen lieben, ihres Verstandes und
edlen Herzen wegen verehren. Wer hätte
glauben sollen, daß so viele Volkommenheiten
die Quelle ihres Unglüks werden, daß sie
selbst bei denienigen, dessen Pflicht es gewesen
wäre, für ihr Glük, für ihre Unschuld zu wachen, Begierden anstammen würden, durch
die sie ins namenloseste Elend, das ein Mädchen treffen kan, gestürzt wurde.

Kärelås sah seine Tochter in der grösten
Blüte ihrer Reize mit allen Volkommenheiten
geschmükt, und stat daß dieses ihn mit Freude hätte erfüllen sollen, machte es ihn unruhig, und verleidete ihn zu einem Entschlusse,
der den Wilden auf Otaheite nicht verziehen
werden könte, wenn anders diese Naturmen-
schen eines solchen Vergehens fähig wären
                                        Ein

Ein anderer, so filosofirte sein von den un=
erlaubtesten Begierden hingerissenes Herz,
sol alle diese Volkommenheiten, die den Gott=
des Altertums mer als die Reize aller Chb=
len, Leben, und Europen beglükt hätten,
genießen, und dir wär es verboten, diese
schöne Blumen zu pflüken! Warum? Weil du
sie selbst gepflanzt hast? — Tor, darf der
Gärtner keine Früchte genießen, die er selbst
erzielet? Sucht er nicht vielmehr die schönste
für sich aus, und verkauft die andern, die
ihm minder behagen? Folge seinem Beispie=
le, one die durch Grillenfängereien von dem
Genuße der schönsten Frucht, die ie auf
Gottes Boden gepflanzt ward, abschreken
zu laßen." Durch diese seinem von Wollust
berauschten Herzen schmeichelnde Sofisterei
geblendet sch it er vom Entschluße zur Tat,
und seine eigene Tochter — die Unglükliche,
wie hätte sie gegen die ruchlosen verfüreri=
schen Künste ihres eigenen Vaters auf ihrer
Hut sein können!

Man stelle sich der Tante Schmerz vor,
als sie bei Malchen gewisse Merkmale spürte,
die ihr verdächtig vorkamen, und den Arg=
won, so ungern sie ihm Gehör gab, erregten,

Mal=

Malchen — sei nicht mer ihr unschuldiges
Malchen. Die gute Tante täuschte sich auch
nicht. Malchen war wirklich in Umständen,
von denen sie selbst nichts wuste; denn nie
fiel es ihr ein, daß ihr Vater, den sie mit
wahrer kindlicher Ehrfurcht liebte, so arg an
ihr gehandelt haben solte. Sie war wirklich
unschuldig; war es vielleicht zu ihrem eigenen Unglüke nur zu viel; denn sonst zweifeln
wir, ob es ihrem Vater so leicht würde
gelungen haben; aber Malchen hatte
von gewissen Dingen gar keinen Begrif.
Die von den folterndesten Zweifel geängstig-
te Tante forschte bei Malchen um Verschiedenes nach, und das unschuldige Kind beantwortete ihre Fragen, so aufrichtig, gestund
ihr so offenherzig gewisse Veränderungen, die
sie bei sich warnam, one die Ursache davon
zu wissen, daß der guten Tante gar kein
Zweifel mer übrig blieb; und nur noch der
Täter unbekant war. Sie forschte und forschte, drete ihre Fragen so wunderbar, bis
Malchen ihr sagte, was zwischen ihr und
ihrem Vater vorgegangen war. Wer be-
schreibt das Erstaunen, die Verwunderung,
den Abscheu der guten Frau. Der Vater!
— Der Bösewicht! schrie sie, und eilte vor

Se-

Gericht, diese Greueltat anzugeben. Herr
Kärekäs muste sich vor dem hohen Rat stellen,
und er gestund seine Tat. Der hohe Rat,
sprach das Urteil auf hundertjäriges Gefäng=
nis. „Sachte, sprach Herr Schlendrian, die
Strafe muß nach dem Buchstaben des Gesezes bestimmt werden. Nun näm er das
Gesezbuch, und suchte darin, fand aber vom
ersten bis zum lezten §. nichts von diesem
Verbrechen. Herr Schlendrian rieb sich die
Stikne, nam eine Prise, und fing noch ein=
mal von vorne an; aber — er fand gar keine Meldung von diesem Verbrechen. „Was
ist da zu tun? fragte er den hohen Rat. —
ja was ist zu tun? sagte dieser. Weil im
Gesezbuche nichts steht, so mus es bei der
von uns bestimmten Strafe bleiben. Das
kan ich nicht zugeben, sagte Herr Schlendrian, denn im 12 §. II. Kap. steht es klar
„die Strafe ist nach dem gegenwärti=
gen Geseze auszumessen.“ Dann §. 13 folgt
gleich darauf: „der Kriminalrichter ist an die
Buchstäbliche Beobachtung des Gesezes
gebunden.„ Nun steht im gegenwärtigen Ge=
seze von diesem Verbrechen, und der Strafe
desselben nichts, so dürfen wir auch vermög
13 §. keine Strafe auf selben bestimmen. Der

ho=

hohe Rat hilt dafür, daß aber so was doch
nicht ungeandet bleiben könte; aber Herr
Schlendrian behaupte, weil nichts davon
im neuen Gesezbuche stünde, so müsse es
vielleicht gar kein Verbrechen sein; oder doch
nur so ein kleines, daß die Archonten es
nicht einmal der Mühe wert hilten, daran
zu denken. „Gehen Sie, sagte er zu Käreläs, Sie sind ganz schuldlos, und von
aller Strafe quoat hoc punctum frei; doch
sind Sie verbünden, vermög § 10. des IV,
Haupt:stüks des bürgerlichen Gesezbuches das
Kind zu erhalten.‟

Zwölf-

Zwölftes Kapitel.

Worin Herr Schlendrian die Kritiker
seiner wolweisen Person bestraft.

Herr Schlendrian hatte das Unglück, wie
es die Schlendriane alle haben, selten das
gehörige Verhältnis zwischen Strafe und Ver=
brechen zu treffen. Er fand immer da er=
schwerenden Umstände wo sie vielmehr erleich=
tert waren, und so das Gegentеil. Dies
machte, das geringe Verbrechen hart,
schwere aber gelinde gezüchtiget wurd n. Es
ist leicht zu erachten, daß müßige Satiren=
schreiber den Herrn Schlendrian deswegen
werden durchgezogen haben, und auch seine
Freunde machten ihm Vorwürfe, daß er
zu willkürlich verfare, und nicht immer das
Verhältnis zwischen Strafe und Verbrechen
rich=

richtig treffe, manchen zu viel, manchen zu
wenig strafe. u. d. gl. Gegen diese entschuldigte sich Herr Schlendrian, daß er nicht anders verfare, als was nach dem Buchstaben des Gesezes recht sei. Denn, sagte er: im
32 §. des II. Kapitels von Kriminalverbrechen
steht es klar: "Die eigentliche Ausmessung
sowol der Zal der Streiche, die auf einmal
zu gebrn sind, als der Wiederholung dieser
Züchtigung hängt von künftiger Beurteilung des Kriminalrichters ab: "Ferner, fur
Herr Schlendrian fort, steht ja bei keiner Strafe weder die Dauer der Gefangenschaft, noch
die Verschärfung ausdrüklich bestimmt; sondern es ist alles der Beurteilung der Richter
überlassen; und haben die Archonten eigentlich
nur einen Tag festgesezt, die übrige Zeit kan
ta der Richter bestimmen: folglich handle ich
nicht anders als nach dem Buchstaben des
Gesezes.

Es haben aber auch unsere Archonten ser
weislich daran getan, daß sie die Strafe ganz
der Wilkür der Richter überliesen; denn sie
können ja überzeugt sein, daß wir, besonders
so wol weise tief und schnel alles übersehende
Richter meiner Art den Buchstaben des Gese-

zes

tez niemals verkennen werden; auch Filosofen
genug sind, um genau zu erwägen: ob min=
der, oder mer böser Vorsaz, minder oder mer
freier Wille, größere oder mindere Bos=
heit mit dem Verbrechen verknüpft sei? Sie
mußten überzeugt sein, daß wir alle Umstän=
de sorgfältig werden gegen einander halten,
und unser Urteil genau darnach einrichten
werden; wie ich ja schon die untrüglichsten,
einleuchtendesten Beweise davon gegeben ha=
be. Auch wär es ein Feler unserer neuen
Geseze, wenn die Strafen bestimt, die er=
leichternden, oder erschwerenden Umstände
klar auseinander gesezt wären; denn da
würde sich gleich ein Verbrecher darnach rich=
ten können, aber wie gut ist das, wenn
keiner weis, welche Strafe mit dieser oder
jener Handlung verbunden ist; denn das sezt
die Gerechtigkeit erst in das ware Licht."
Ein Spasvogel stelte sich von allem, was
Herr Schlendrian gesagt hatte, überzeugt
zu sein. Ich bin ganz ihrer Meinung, Herr
Oberrichter, sagte er, und ich finde selbst,
daß unsere Geseze unverbesserlich sind; wenn
sie einen Feler haben, so ist es der, — sie
sind zu filosofisch. — Ja ja, sagte Herr

Schlen=

Schlendrian, daß könte allenfals ihr größter
Feler sein!

Als Herr Schlendrian noch so bemühet
war, seinen Freunden zu beweisen, daß ein
Richter, sollen die Geseze gut sein, müsse nach
Wilkür strafen können, brachte ihm sein Be-
dienter ein fliegendes Blat: unter dem Titel:
Herr Nairbnelchs, oder die blin-
de Gerechtigkeit. Herr Schlendrians
ward darin auf die beisendste Art gedacht.
Alle seine Urteile waren darin zergliedert, und
bewiesen, wie ser Herr Schlendrian den
Buchstaben des Gesezes misverstanden habe.
Es wurde darin gesagt, seitdem die Bestim-
mung der Strafe vom Herrn Schlendrian
abhänge, hätte man der Gerechtigkeit nicht
nur noch eine dichtere Binde um die Augen
gewunden, sondern ihr sogar selbe ausgesto-
chen; denn izt sehe sie gar nichts mer, und
müste sich ganz auf die so kurzsichtigen, schie-
lenden Augen der Schlendriane verlassen.

Welche Verleumdung, schrie Herr Schlendrian vor Zorn glühend! Er schikte gleich in
der ganzen Stadt Kundschaft aus, und es
glükte ihm, den Verfasser dieser Satire zu
er-

erforſchen. Sogleich berief Herr Schlendrian
den hohen Rat zuſammen, und lies den
Verfaſſer vor Gericht füren. Herr Schlen=
drian legte dem Rat die Schrift vor, und
verurteilte dem Verfaſſer zu einem monatlichen
ſtrengen Gefängniſſe dreitägiger Ausſtellung
auf die Schandbüne, und zu fünfzig Stok=
ſtreichen. Der hohe Rat fand das Urteil
zu hart; allein Herr Schlendrian behauptete,
daß es nach dem Buchſtaben des Geſezes
ſei. Denn, ſagte er: §. 53 des IV Kapitels
von politiſchen Verbrechen heiſt es klar:
„ Wer, auch one böſe Abſicht jemanden
„ in Schmäſchriften und Schandbildern
„ in einer Art ſchildert, die dem ange=
„ griffenen wegen fälſchlicher Anſchuldi=
„ gung geſezwidriger Handlung den Arg=
„ won verdienter Verachtung zuziehen könte,
„ macht ſich eines politiſchen Verbrechen
„ ſchuldig.“ Und § 54 ſteht es: "Wenn
„ die Schmähung eine Perſon, die wegen Wür=
„ de und Anſehen des Karakters, den ſie
„ bekleidet, wegen der über den Schmähen=
„ den zuſtehender Obrigkeitlichen Gewalt,
„ beſondere Achtung verdiente, ſo iſt die
„ Strafe zeitliches ſtrengeres Gefängnis und
„ kan ſelbes durch Ausſtellung auf der
F 2   Schand=

„Schandbühne, und Züchtigung mit Strei-
„chen verschärfet werden." Nun fur Herr
Schlendrian fort, bin ich in dieser Schrift
auf eine Art angegriffen, daß mir das
Angeschuldete leicht eine verdiente Verachtung
zuziehen könte, also ist der Verfasser ein
Schmähender, der sich dieses politischen Verbrechens schuldig gemacht. Ferner, sagte
er, bin ich Oberster Richter von Tropos;
meine Person verdient also Achtung, und
es sol sich keiner unterfangen, meine Handlungen zu tadeln; also ist auch die Strafe
nach dem Buchstaben des 54§ billig und
gerecht.

Der hohe Rat wante dagegen ein,
daß ja der Verfasser nichts anders in seine Schrift aufgenommen, als erwiesene
Tatsachen; es sei also alles, was dem Herrn
Oberrichter darin zu nahe trete, Warheit.
Ei eben darum ist es eine Schmähschrift,
sagte Herr Schlendrian. Wär' es nur Lüge,
so könt es keine Schmähschrift sein, denn
Lügen ziehen dem, dem sie zugemutet werden, so bald sie als Lügen bekant sind, keine
Verachtung zu; weil aber im Geseze ausdrüklich steht; „die dem Angegriffenen den

Arg-

Argwon verdinter Verachtung zu ziehen
könte; "so mus nur diese Schrift eine
Schmähschrift sein, die Warheit enthält. Der
hohe Rat wandte ein, nach dem Titel des
Buches, könte diese Schrift nicht nur auf Herrn
Schlendrian allein, sondern auch auf andere
Richter gemeint sein. Nichts dergleichen,
sagte Herr Schlendrian; ich bin ganz allein
darin geschildert. Er hat ja meinen Namen auf die arabischst-tönende Art darin
genotzüchtiget. Man lese nur Nairbneichs,
welches zurükgelesen, klar und deutlich heist:
Schlendrian; und ist das nicht eben so ein
Verbrechen, den Namen eines Oberrichters
zurük zu schreiben, und so zu profaniren,
als jemanden beim Füssen aufzuhängen.
Kurzum ich halte mich an § 53 und 54 des
IV Kapitels.

Der hohe Rat fügte sich nach dem Urteile des Herrn Schlendrians, und der Verfasser müste das Verbrechen, sich mit Herrn
Schlendrians Nam eine poetische Freiheit
erlaubt zu haben, auf der Schandbühe
büssen.

Drei

Dreizehntes Kapitel.

Worin Herr Schlendrian seine Strenge gegen Bücher beweist.

Damit Herr Schlendrian den Verdacht von sich ablente, als wäre er gegen den Verfasser des Nairdnelchs so strenge verfaren, weil es seine eigene Person betraf, so stelte er nun eine scharfe gerichtliche Untersuchung aller Bücher an, welche die Sitten seiner Stadt zeichneten, um die Einwoner von Tropos zu überzeigen, daß er nicht nur gegen sich selbst, sondern auch gegen andere gerecht sei. Er verbot eine Menge Bücher, worunter Faustin, die Gräfin Nimmersat, u. m. d. waren. Diese Bücher, sagte Herr Schlendrian, füren zum Verderbnisse der Sitten, und sind

zu▸

zugleich wahre Schmäschriften. Faustin leug-
net den Einwonern von Tropos geradewegs
die Aufklärung weg. Heißt das nicht uns ge-
schmäht; denn wo gehört wol die Aufklärung mer zu Hause, als in Tropos? Zeugen von dieser Warheit nicht alle unsre
Einrichtungen? und ist es nicht der gröste
Beweis, daß Tropos die aufgeklärteste
Stadt sein muß, weil ich Oberrichter darin
bin? Und die Gräfin Nimmersat ist ein gott-
loses Buch. Der Verfasser spricht darin von
Palmeseln, Dummernichtse, und mer andern
Personen, und schildert sie so genau, daß
gleich ein jeder sagen kan: das ist der, und
das ist jener. Solche Bücher müssen verboten werden; sie sind so geschrieben, daß
sie gerne jeder liest, und versteht, und das
ist nichts nuz. Wenn sie niemand läse, könte man sie schon erlauben; aber so können
sie nicht geduldet werden.

Dem Zufolge erging der hohe Befel an
alle und jede Buchhändler, mit solchen Büchern keinen Handel zu treiben, wolten sie
nicht, vermög dem Buchstaben des 77 § des
V Kapitels von politischen Verbrechen sich
straf-

ſtraffällg machen, und 'der im 78 § des
Kapitels beſtimten Andung ausſezen.

Unglüklicher Weiſe hatte ein Buchhänd=
ler meiſtenteils verbotene Bücher im Verla=
ge, worunter ſich nebſt bem Fauſtln, und
der Gräfin Nimmerſat auch Kupferſtiche und
Gemälde befanden; Meiſterſtüke der Kunſt,
die aber Herr Schlendrian als ſittenverder=
bend zu verkaufen verboten hatte. Dieſer
Buchhändler verkaufte unter der Hand von
ſeinen Artikeln, und wurde dem Herrn Schlen=
drian verraten. Sogleich ſchikte Herr Schlen=
drian um dieſen Übertreter der Geſeze, und
ließ in vor dem hohen Rat fordern. Da
er erſchien, wurde er ſeines politiſchen Ver=
brechen überzeugt, und Herr Schlendrian
entſchied: „ Da Buchhändler X vermög
§ 77 des V Kapitels, worin der Verkauf
verbotener Bücher und Gemälde verboten
wird, ſich eines politiſchen Verbrechen ſchul=
dig gemacht, ſo wird er vermög § 78 des
nemlichen Kapitels zum gelinden Gefängniſſe
auf ein Monat verurteilt, ſeine Handlung
aber ſol gerichtlich unterſucht, die darin
befindlichen verbotenen Bücher und Gemälde
ihm abgenommen, und öffentlich verbrennet
wer-

werden. „ Gegen das lezte Urteil prote=
stirte der hohe Rat. Er sagte, es wäre
Schade, daß man Werke des Genies, und
Meisterstüke der Kunst verbrennen solte. Das
hieſſe die Zeiten der Goten und Vandalen
wieder einfüren, und die Gebräuche der
Barbarei, der dümsten Unwissenheit, und
Roheit des Geistes erneuern. Ein wirklich
aufgeklärtes, oder doch aufgeklärt sein wol=
lendes Volk könne nichts zerstören, was
dem Geist und der Kunst der Nazion Ehre
mache; man würde Tropos dem Spotte an=
derer aufgeklärter Nazionen aussezen, wenn
der Ruf es ihnen sagte, daß wir gute Bü=
cher und treffliche Gemälde zerstörten, weil
Schlendriane sie verboten hätten. "

Man hätte glauben sollen, Herr Schlen=
drian wäre durch diese nachdrükliche Rede
des hohen Rates von seinem barbarischen
Vorhaben diese herrliche Gemälde zu zerstö=
ren, abgebracht worden; aber nichts we=
niger! auch war es billig. Herr Schlendrian
verstund den Buchstaben der Geseze besser,
als der hohe Rat. Er entgegnete: § 78 des
V Kapitels steht es klar und deutlich: „ Die
verbotenen Bücher, Gemälde, Schildereien
sollen

sollen dem Schuldigen abgenommen, und ver-
tilget werden." Dies ist sonnenklar, sagte
Herr Schlendrian, daß solche Bücher und
Gemälde müssen verbrennet werden; denn das
Werk vertilgen, bedeutet, vernichten,
daß nichts davon übrig bleibt; nun aber
können Bücher und Gemälde nicht besser ver-
tilget werden, als wenn man sie verbrennet; also müssen sie nach dem Buchstaben des 78 § verbrennet werden. Der Vorwurf, als wenn dies die Zeiten der Goten
und Vandalen, Barbarei u. d. gl. wieder
einfüren hieße, sei ganz unvernünftig. Erstens sehe ein jeder in der ganzen Welt,
daß die Bewoner von Tropos, Troposaner,
aber keine Goten und Vandalen sind. Die
Goten und Vandalen hätten nicht so viel
von Gelersamkeit, Künsten, Wissenschaften
und Weisheit — reden gehört, wie die
Einwoner von Tropos; es sei also zwischen
beiden ein grofer Unterschied; zweitens könne es auch keine Barbarei sein, Bücher und
Gemälde zu vertilgen, weil die Archonten
es für keine Barbarei halten; und was die
Archonten nicht dafür halten, sei auch nicht
so, hätten aber die Archonten die Vertilgung der Bücher und Gemälde für eine Bar-

ba-

harei gehalten, so würden sie selbe nicht ge=
boten haben; drittens könne das dem Rufe
von der in Tropos aufs höchste gebrachten
Aufklärung — nichts benemen. Tropos
brauche weder Bücher und Gemälde, um für
ein aufgeklärtes Volk zu gelten; seine neuen
Geseze wären hinlänglich, ihm den Rang des
aufgeklärtesten Volkes zu verschaffen.

Mit dieser Widerlegung muste der ho=
he Rat zu frieden sein; und Herr Schlen=
drian lies das Urteil an den Büchern und
Gemälden volziehen.

Vierzehntes Kapitel.

Worin allen Hausinhabern geraten
wird, ihre Wonungen — leer ste=
hen zu lassen.

Ein ansenlicher, rechtschaffener, vermög=
licher Einwoner von Tropos, ein Mann vom
besten Rufe, hatte schon gegen ein Jahr ei=
nige Wonungen leer stehen. Nun meldeten
sich drei Frauenzimmer, die sich vor Schwe=

stern

stern ausgaben, und bezogen die Wonung.
Das Haus war gros, und dem Inhaber,
der noch andere Geschäfte hatte, nicht mög=
lich, auf alle und jede Partéien ein hofmeiste=
risches Auge zu haben: die drei Schwestern
zalten ihren Zinns richtig, und weiter be=
kümmerte sich der Inhaber um sie nichts.

Di drei Mädchen waren wirklich
Schwestern; aber, solche die man in Tropos
nicht buldete. Es ward Herrn Schlendrian
verraten, welch sauberes ewerbe sie trie=
ben; und Herr Schlendrian lies sie, samt
dem Hausinhaber anziehen, und vor Gericht
bringen. Nachdem die Sache untersucht
war, verurtellte Herr Schlendrian die drei
Schwestern vermög §. 76 zum Gefängnisse
auf ein Monat; den Hausinhaber vermög
§ 74 zur öffentlichen Arbeit auf Jahr.
ser rechtschäffene Bürger protesti gegen
da teil, indem er ganz unschuldig sei,
un n nicht zukomme, seine Partéien zu fra=
gen! wer sie sind? was sie treiben. d.
gl. So viel Delikateffe, sagte er be
uns die Wonung leer steßen mach ot
würden dadurch Schaden leiden; und unsre
Abgaben doch an den hohen Rat bezalen
mü=

müssen. Was kümmert uns also, wer die eingemietenden Parteien sind, wenn sie nur richtig bezalen. Falsch, erwiederte Herr Schlendrian. Nach dem Buchstaben des neuen Gesezes sol so was die Hausinhabere bekümmern; und eben deswegen, weil Beklagter dies auser Acht gelassen, ist er eines politischen Verbrechens schuldig. Denn § 37 V Kapitel steht es sonnenklar: „Wer „in seiner Wonung Unzucht gestattet 2c. 2c. „macht sich des politischen Verbrechens der „Kuppelei schuldig.“ Das heist deutlich: Hausinhabere sollen darauf sehen, wem sie ihre Wonungen vermieten. Denn tun sie das nicht, so gestatten sie durch ihre Nachlässigkeit, oder aus Gewinnsucht in ihrer Wonung Unzucht; und sind also straffällig. Würden sie solchen Leuten keine Zimmer vermieten, so könten sie nicht unterkommen; könten sie nicht unterkommen; so hätten sie keine Gelegenheit ihren Unfug zu treiben.

Der hohe Rat fand diesen Buchstaben des Gesezes nicht in dem 73 §; allein Herr Schlendrian behauptete, er wäre darin, und so muste der hohe Rat ihn auch darin finden.

Fünf=

Fünfzehntes Kapitel.

Worin Herr Schlendrian etwas zu
unternemen verspricht, wofür ihm
ganz Tropos nicht Dank genug
schuldig sein kan.

Die vielen Fälle, die Herr Schlendrian
nach dem Buchstaben des Gesezes auf eine
Art entschied, womit nicht nur allein die
Parteien, sondern der hohe Rat selbst oft
unzufrieden war, veranlaßte, daß dieser beschloß, den Herr Schlendrian bitlich anzu-
gehen, ihnen den sonnenklaren Buchstaben
des Gesezes in dem hellen Lichte zu zeigen,
worin er ihn zu sehen das Glük hat.

Herr

Herr Schlendrian gab dem dringenden
Bitten des hohen Rat nach. Freilich sagte er, ist es nicht jedem so gegeben wie mir,
auf dem ersten Anblik den ganzen Buchstaben
des Gesezes so schnel zu übersehen. Ich wil
also zum besten aller übrigen Richter, und um
des gemeinen Besten willen die Sache über
mich nemen, und die Geseze, die zwar an
sich selbst ganz deutlich sind, kommentiren.
Nicht, als wenn ich das Gesez erleutern,
oder erklären wolte; denn das ist verboten,
und auch unnüz; sondern ich wil nur, wo
die klare Deutlichkeit für die Richter etwas
verborgen ist, selbe mehr ans Licht sezen.
Der hohe Rat dankte ihm für diese Güte,
und sagte: er fürchte nur, es werde ihm
zu viele Mühe und Zeit kosten, und dies
könte ihn dann allenfals abschreken. Was
Mühe und Zeit, sagte Herr Schlendrian,
ich arbeite ser geschwind. In sechs Tagen
bin ich mit meinem Kommentar fertig; und
am Papiere wil ich's nicht felen lassen. Das
sol ein Werk werden, dergleichen die Welt
noch nicht gesehen hat; auch hof ich wenigstens sechzig tausend Abnemer; denn durch
diesen Kommentar will ich alle Abvokaten
in ganz Tropos entberlich machen; jeder
Schu-

Schuſter und Schneider ſol in Stand geſezt
werden, wenn er anders meinen Kommentar zur Seite hat, ſelbſt ſeinen Prozes zu füren. Kein Fal, der auf die Geſeze ſich an-
wenden läſt, ſol darin vergeſſen werden; und
ich bin gewis, daß die ſchwerſten Fälle, auf
die alle Richter und Advokaten in der Welt
nicht verfallen können, darin werden zu finden ſein.

Mit dieſem Verſprechen, worüber der
hohe Rat ſer erfreut war, ging Herr Schlendrian nach Hauſe, und ſezte ſich, ſeinen
Kommentar über die neuen Geſeze zu ſchrei-
ben. Hält er Wort, ſo geſchieht dem Publikum kein geringer Dienſt; und wir zweifeln nicht, daß nicht alle und jede begierig
ſein werden, den Kommentar über die neuen
Geſeze von Herrn Schlendrian zu leſen.

ENDE

www.ingramcontent.com/pod-product-compliance
Lightning Source LLC
Chambersburg PA
CBHW030803020726
47499CB00006B/1753